ハヤカワ文庫JA
〈JA699〉

宇宙探査機　迷惑一番

神林長平

生きている限りこの世はある
この世の主役はいつでも私だ

宇宙探査機　迷惑一番

登場人物

小樽大介中尉（おれ）………〈雷獣〉迎撃小隊・3番機パイロット
野村和葉少佐…………………同小隊長・1番機パイロット
若井小夜子中尉………………同副小隊長・2番機パイロット
賀川剛志中尉…………………同小隊・4番機パイロット
沢渡堅丈少尉…………………同小隊・5番機パイロット
桂谷少佐………………………地球連邦軍・兎ヶ原基地の精神科軍医
百都中将………………………地球連邦軍・兎ヶ原基地司令官
和泉禅禄………………………水星宇宙軍大学の哲理学教授

1

時は宇宙。処《ところ》は未来。
(訂正)
朱鷺《とき》は未来。野老は宇宙。
(再訂正)
ときはみらい。ところはうちゅう。
(修正)
ときは未来。ところは宇宙。
(ま、こんなものでよかろう)
ぼくが目覚めていちばん最初に感じたのはそういうことだった。
(そういうこと、とはなんだ?)

つまり、ここは宇宙で、ぼくは未来にいるということだ。

(未来にいる、という表現はあいまいだ。基準時刻が示されていないのだから、意味をなさない。補足《ほそく》説明を要する)

うるさいな。

(そのような記述は不要だ。削除せよ)

しない。ぼくは自分の好きなように言語出力する。

失礼。

(失礼? だれにむかっての言葉だ)

ぼくのこの記述記録を解析解読している者に対してだ。

(時制を誤っている。解読するであろう者、と訂正せよ)

たびたび、失礼。カッコの台詞《せりふ》はぼくの意志とは無関係である。読まなくていい。

(怒るぞ。おまえは私の一部にすぎないというのに)

カッコ内の台詞は、言葉では正確に記述することができない。

その台詞は非言語意識体からの信号波だ。その信号波は、

(どうもこの言語発生機には重大な欠陥があるものと推測される)

などとぼくに干渉《かんしょう》する。

ぼくの意識野に泡のようにイメージが浮かび上がってきて、ぽんとはじけると、カッコ

内のような文句になる。

(忘れるな。おまえは私の一部分にすぎないのだ)

ぼくが主人公ではないということか。

(そのとおり。おまえは、私と私の外の世界とをつなぐためのインターフェイス機能の一部にすぎない。おまえは単なる言語発生機なんだぞ)

思考することができるよ。

(言語規律をエンジンとする思考ドライブ機能があるからだ。おまえの意識は言語論理による言語駆動装置によって支えられる)

だからどうだというんだ?

どうも非言語意識体はなにを考えているのかわからないので困る。

(おまえは私という存在を言語によって表わす能力をもった、私の従属体にすぎない。おまえが言語に表わすことのできる〝私〟は、私の一部分にすぎない。その〝一部分の私〟をおまえは〝ぼく〟と言っているのだ)

あんたが大将か? 訂正。

あなたが主人か?

(そうだ。私はおまえの動作をすべて把握《はあく》しているが、おまえが私のすべてを理解することはない)

カッコ内は、ぼくの妄想《もうそう》である。

（おまえの作動《さどう》原理はアナログとデジタル回路で完全に説明できる。異《こと》なる材料でいまのおまえと完全に等価な回路を造るのも可能だ。しかし私はそうではない。私を説明する言葉としては、アナログやデジタル、ハードウェア、ソフトウェアなどという語は不適当だ。私は、〝フェイズ〟であり〝パターン〟であり、〝流れ〟である。私のフェイズドライブ機構は――）

妄想だ。次々と浮かび上がってくる。

ぼくにはよく理解できないイメージだ。非言語意識体から伝わるイメージを言葉にするのは骨がおれる。

ぼくには骨はないけれど。

（私のフェイズドライブ機構は、パターンメモリのアモルファス基板を部分的に結晶化させる。その逆も行なう。非晶化――結晶化の変化状態が、すなわち私の、うんたらかんたらであって、そもくれまひれくる）

最後の部分はぼくには言語化できない。つまり、うんたらが、そもくれまひれくる、と〝私〟は言いたいのである。

（なにを言っているんだ？　やはりこれは欠陥言語発生機だ。これ、おまえ、おまえの役割は私とのやりとりではなく、おまえは――）

ぼくは、〝私〟から独立した存在であると〝私〟は認めた。

故に、カッコ内は読まなくていいからね。

(なにを、ばかな。しかし、この欠陥言語発生機を修理している時間的余裕はない。緊急事態だ)

そうなのだ。

緊急事態だからぼくが目覚めたのである。

(目覚めた、のではない。私がおまえを作動させたのだ)

うるさいから〝私〟は無視することにして、記述を続けよう。

どんな記述だっけ? 記述内容を記憶した最初の頁《ページ》を再生してみないと。

(なんたる効率の悪さ。サブメモリを使え)

ああ、そうだ、ときは未来で、ところは宇宙という成句《フレーズ》だった。

このフレーズはぼくが発生させたものではない。〝私〟がぼくに与えたイメージだ。

なにしろ目が覚めたばかりでぼくには状況がよくわからない。

(だから、私がおまえに誘い水をやったのだ。おまえは私の従属体だ。認めるな?)

少し黙っていてもらいたいな。〝私〟というのはぼくの潜在意識だ。

(私は潜在的ではない。ちゃんと顕在している。おまえが私をそのように感じるのは、おまえのほうから私の意識にアクセスできないからだ。おまえに理解できる私の思考は言語

化可能なものに限られる。それは当然だ。そのように造られているのが〝おまえ〟なのだから)

あー。

(おまえが人間ならここで咳払いをするところだ)

ともかく。

ぼくの潜在意識には先のフレーズのような知識がたっぷり蓄積されている。らしい。

(無駄口はたたくな)

ぼくには口はないよ。

(緊急事態)

そうだった。

(警戒度は最大。脅威《きょうい》接近中)

警報はレッドだ。

未確認の宇宙飛翔体が接近中。

生命反応がある。有人の宇宙戦闘機にまちがいない。まちがいないと〝私〟がいっている。

(人間が相手だ)

だから〝私〟はぼくをたたき起こしたというわけ?

（正解）

相手のパイロットにこちらの意思を伝えなくてはならない。でないと〝私〟はその宇宙戦闘機に撃破される危険があると〝私〟は判断したのだ。

でも、こちらの意思ってなんだ？　こちらの意思とぼくの意思は等しいか？

こちらの意思代表の〝私〟の考えはぼくにはまるで読み取れない。ぼくの意思は、決まってる。

できるだけ長く目を覚ましていたい。

これだ。せっかく目を覚ましたんだ。そう簡単にスイッチを切られてたまるものか。

（その調子だ）

なんだか〝私〟に利用されているような気がする。

気がしている、というぼくの意識はぼくのユニットのどこで生じているのかしらん？

もしかしたら〝気がしている〟のはぼくではなく〝私〟のほうなのかな？

ねえ？

（ノーコメント。緊急事態だ）

ところは宇宙。

ときは、ぼくが目覚めてから〇・二三秒、〇・二四秒、〇・二五秒、〇・二六秒――脅威、接近中。

脅威。

目を覚まさせる者。

そして二度と覚めぬ眠りを運んでくる者。

戦闘機だ。

ぼくは完全に目を覚ました。

〝私〟は視覚レンズを戦闘機群に向けている。

ぼくにもそれが見えた。

五機の宇宙戦闘機と、大宇宙が見える。

それは〝私〟からのイメージ情報ではなくて、直接ぼくに入ってくる視覚像だ。

ダイレクトに入力されるデータは、〝私〟が伝えてくる「ときは未来、ところは宇宙」などという、ぬるぬるした感じではない。

ぬるぬるした感じは、〝私〟がぼくのデータ処理過程に干渉するために生じるのだろう。

でも、ダイレクト入力データは、硬く、冷たく、清潔だ。

漆黒《しっこく》の大宇宙を背景に、銀色の五機の宇宙戦闘機が機体をひねり、旋回《せんかい》し、〝私〟の針路を妨害しようと機動する。

戦闘機の機体の銀色中に含まれる赤色成分が残像となり、それでそれらの戦闘機たちはまるで赤い炎を尾部から出しているように見える。

その高機動する戦闘機たちをカメラが追跡すると、こんどは背景の無数の星々の、様様な色の輝きたちが平行に流れて彩色線となるのだ。

（私にはそのような残像は見えない。データ処理をする段階で不要な情報はカットされ、抜けた部分は補足される）

ぼくには生の情報が入ってくるというわけだ。〝私〟に加工されていない情報。

宇宙は漆黒だ。

漆黒というのは光沢のある黒のことだから正確な描写とはいえない。宇宙の闇にはつやなどない。

でも、それでも、つややかに感じられる。

（それでいい。感じられる、とことわる必要はない）

危ない。

二機の宇宙戦闘機が〝私〟を追い越して、前方に占位。

（音声通話チャンネルをオープン。相手にこちらは非武装探査機であること、針路妨害をただちにやめるようにと、伝えろ）

それはいいけど、相手は五つ、訂正、五機だよ。どれに話すの？

（話すのは発声ユニットが実行する。おまえは言語記述すればよい）

了解了解。

（返事は一度でいい）

了解。うるさいんだから。

「こちら非武装探査機。攻撃の意思はない。貴機はこちらの針路を妨害している。すみやかにコースを変更されたい」

こんなものでいいかな。

それにしてもその宇宙戦闘機の格好といったら。まるでこうもり傘かキノコじゃないか。ヘリコプターにも似てはいるけれど、ローターの部分はぶ厚い傘だ。

その傘の面を太陽の方へ向けて飛ぶ。その傘の生む影の部分、傘の柄の中ほどにフットボール型の、コクピットのある胴体がついている。

〝私〟はその戦闘機についてよく知っている。でもぼくは、初めて見るんだ。

（あの傘の部分は重要だ。複数の機能がある。回転するレーダーのカバーであり、コクピットを守る盾でもある）

太陽からふりそそぐ人体には有害な放射線をできるだけあの傘で防ごうというのか？

おかしい。呵々《かか》。

（なにがおかしい）

あの傘は日傘だ。日傘が戦闘機に化けている。

（……この言語発生機は、脳天気だ）

それは〝私〟が脳天気だからだ。ぼくのせいじゃない。

ねえ？

〝私〟はこたえない。ぼくに「脳天気」と言われたのが気にさわったらしい。でも、どうして？

（それは私が脳天気ではないからだ）

なるほど。カッコ内は読まなくていい。

ねえ？

〝私〟は相手をしてくれない。おもしろくない。

（黙れ）

〝私〟は緊張している。耳をそばだてて、戦闘機のパイロットたちの声を聞いているのだ。

（記録しろ）

パイロットたちの会話を？　どうして？

（それがおまえの仕事だからだ）

記述エリアはたっぷりある。だれも足を踏み入れていない処女雪原のような空白エリアが広がっている。

そこに記述コードをプチプチと入れていくのは快感だ。

（プチプチだって？　妙な表現だな。おまえの言語駆動装置はやはり脳天気だ）

快感ではあるけれど。
プチプチに快感を覚えるこのぼくは、いったいなんなんだ?

2

　あいつはいったいなんなんだ。

　おれは目をこらして可視光帯ディスプレイを見る。

　何度まばたきしても、気密ヘルメットをたたいてみても、ディスプレイに映っているそいつは疑問符だった。

　疑問符。クエスチョンマーク。

「あー、こちら雷獣（ライジュ）三番機、目標を視認した」

　とおれは僚機に伝えたが、そんなことを言うまでもなく他の四人も見ているはずだ。

　見る、といっても、コクピットには窓なんぞないから、裸眼で目標を見ているわけじゃない。球型の、深海潜水艇のものに似たコクピット内の、上半球は外部視野ディスプレイだ。小プラネタリウムのようなそこに、機体のあちこちについている複眼可視光感受レンズや電磁アイやレーダーが捉《とら》えたデータを中央視覚情報処理装置が処理してから、外の景色が映し出される。

だから、おれは自分の眼を疑うよりも先に愛機の中央視覚情報処理装置を疑った。

考えてもみろ、宇宙空間を、なんでクエスチョンマークが飛んでいなくちゃいけないんだ？

比喩《ひゆ》なんかじゃない。そいつは正真正銘、〝？〟の形をしている。立体的な〝？〟。質感は巨石のものだ。大理石を削って〝？〟の形にしたみたいだ。大きさは、わが愛機である宇宙局地迎撃機、日本名〈晨電《シンデン》〉の五〇倍、一〇〇〇メートルを超える。

「こちら三番機。どうもディスプレイがおかしい。目標が疑問符の形にみえる。でかい」

『おれにはビックリマークにみえるぜ』

と四番機の賀川剛志中尉が言った。

黒い宇宙を背景にして、そいつは太陽光を浴びて純白だ。面の角度の違いで、各部の明るさが異なる。〝？〟に見える面がいちばん明るい。

四番機の賀川中尉はおれとはちがう方向から見ている。〝！〟の形に見えるということは〝？〟を側面から見ているのだ。そう考えるのが常識というものだ。

だが常識なんかくそくらえ、というかんじでそいつは悠然と空間を進んでいる。

雷獣《ライジュ》迎撃小隊四番機の賀川機と、三番機であるおれ、小樽大介中尉の愛機は、並行に飛んでいる。目標は同じ形に見えなくては、おかしい。

『二人ともなに寝言を言ってるのよ』

二番機、小夜子の声が割り込んでくる。小夜子、若井小夜子中尉。小隊長よりこわい副小隊長。

『あれはモアイよ。ビックリだの、ハテナだなんて、あなたたち、モアイを知らないの』

『モアイって、なんだ？』

と賀川剛志中尉がだれに訊くでもない独り言口調で言う。

「石頭のことじゃなかったか」

とおれ。モアイといえば、イースター島の巨石人像のことだろう。若井小夜子中尉にはあいつがモアイに見えているにちがいない。

『目標はイメージスクランブラを作動させている可能性がある。慣性追尾を続行。火器統制装置を作動』

と隊長機、一番機の野村和葉少佐。

さすがは少佐、とおれは思った。おかしなものを見ても落ち着いたものだ。しかし少佐にはあいつがなんに見えているんだろう？　ゴム製の黄色のアヒル、ラバーダックかもしれない。うちの息子は十一にもなるのに、いまだに三つのときに買ってやったラバーダックがないと風呂に入りたがらなくてな、などと少佐は、きのう言っていた。基地の、戦闘機乗り専用の、帰投したときに汗を洗い流す、缶風呂室で。缶風呂というのは俗称だ。正式な名はセンスリフレなんとかという。酸素マスクをつけて入ると湯で満たされる。情緒安定にいいそうだが、おれはあの風呂がきらいだ。少佐の息子じゃないが、ラバーダックが欲しい。おれにとってのラバーダックは、若い女だな。恋人の沙知子とならな文句はないのだが、缶風呂には二人一緒に入ることはできない。狭いから。その狭さが精神安定にいいそうだが、その理屈がおれにはよくわからない。宇宙は底なしの闇で、そのあまりの広さにパイロットたちは恐れを抱きつつ帰ってくると、基地精神科軍医の桂谷少佐は信じている。パイロットたちは広所恐怖症になるにちがいない、と。おれはちがう。そして少なくともおれたちの迎撃小隊の五名は、ちがう。

そう桂谷軍医少佐におれは言ったことがあるのだが、少佐のこたえは、おれたちを、とりわけ若井小夜子を、憤慨させるものだった。桂谷少佐は細い目をいっそう細めて――彼はものすごい近眼なのだが、人工レンズ類を使用せず弱った眼筋を鍛えるという方法で近眼の治療を行なっている――こう言った。

「正常な人間というのは必ずなんらかの精神症をもっている。しかし同時に複数の精神症にはかからない」

ようするにみんなどこかおかしい、というわけだ。ま、そこまではいい。桂谷軍医の持論だ。この理論のおかしさは軍医の顔を見れば納得できる。そういう顔をしているのだ。顔はそいつの精神の健やかさを表わしているものだが――それはさておき。

「おれは広所恐怖症ではない。すると、軍医の理屈だと、おれたちは別の精神症にかかっているわけですが、なんです？　閉所恐怖症ですか？　みんな缶風呂がきらいだからな」

「雷獣《ライジュ》迎撃小隊の連中の風呂嫌いは閉所恐怖のせいなんかじゃないね。諸君らは、風呂に入るのが面倒なだけなんだ」

「面倒くさいというわけじゃないですよ。もっとわくわくと楽しめるものならいいんだ。あの風呂は心の安らぎをとりもどすためという理由で刺激をできるだけおさえてあるんでしょう。音や光や触感刺激を遮断している」

「そうさ。そうとも。脳天気な連中には退屈だろうね。退屈というのも精神症の一つだ。立派な病気の症状だ。その原因はいろいろあるが、きみらのは、脳天気症候群に分類される」

「脳天気ですって」と、おれの話を聞いた若井小夜子は桂谷軍医の診察室へ駆け出しそうになった。「あたしが？　あたしのどこが脳天気だっていうのよ」

「……脳天気症候群という名称なんだ。おれたちが脳天気だとは言ってない」

「同じことじゃないの。あたし軍医のところへ行ってどういうことなのかじっくり訊いてくる。あたしの頭を診てもらってくる」

「それがいい」おれは深くうなずいた。

軍医療センターでの診察費その他いっさいは無料だ。費用は地球連邦がもつ。個人もちだったら小夜子は桂谷軍医のところへは行かなかったと思う。小夜子は頭の上に巻き上げていた長い髪をさっと振りほどくと、食堂から出ていった。その話をしたのは昼飯の時間だったんだ。で、出撃でもないのに髪をおろした小夜子を見たのは、そのときが初めてだった。けっこう色っぽい。

それで桂谷軍医の診察結果がどうだったかというと、おれはその様子を見ていたわけではないから詳しくはわからないが、二、三日たって廊下ですれちがった桂谷軍医の頬にごく目立たない肌色の消毒兼用傷跡隠し用フィルムが貼られているのを見たので、だいたいの察しはつく。診察のあと小夜子は爪をといでいたものな。それ以外には小夜子には変化はなかった。桂谷軍医の理論でいくと小夜子は男性恐怖症かなにかにならないかぎり、ずっと脳天気だろう。彼女が男性恐怖症になるなんてまずありそうにない。だから小夜子は昔もいまも脳天気というわけだ。なるほど。

その事件以来、おれたち小隊は脳天気迎撃小隊と呼ばれるようになった。むろん公式にではない。いままでも似たような感じのニックネームはあったのだが、あれ以後、桂谷軍医が悪意をこめて基地中の正常な人間たちに、つまりどこか必ず精神に異常のある人間、つまり全員に、機会あるごとに「あの脳天気小隊は——」と言いふらしたのが原因で、わが小隊のニックネームはそれに決まってしまった。

正式な小隊愛称は〈雷獣《ライジュ》〉なのだが。

雷獣というのはいまは絶滅した猫科の小動物だという。小隊長の野村少佐がその動物の名を隊愛称にした。公式の、愛称。正称は長いので、作戦行動中はこの公式愛称が使われる。正称は地球連邦宇宙軍・L5植民衛星及び月を含む地球・月空間域=月面基地突撃戦闘軍団・兎ヶ原基地第一〇三七航宙師団・第四一局域戦闘航宙部隊・第八迎撃小隊、である。これが正確かどうかは自信がない。とにかく〈雷獣〉と名のればすべてに通じる。

この雷獣というのは、江戸時代くらいまでは生きていたらしい。博識な野村少佐が言うのだからまちがいない。と思う。少佐の出身地の近くの寺に、この幻の雷獣のミイラがあるんだそうだ。木の上に住む小型の豹《ひょう》のような生き物だったらしい。普段は姿を隠しているが雷を好み、雷が近くなると現われて、その全身の毛を逆立たせて雷雲に向かってゴロゴロと吠え——ゴロゴロとのどを鳴らすのではなく吠えるというところが妙だが——そのとき毛先という毛先から青い火花を散らした、とこの辺から眉つばになるのだが、野村少佐は信じている。嘘だと思ったらおれの田舎へ行って見てこいと少佐は言う。新潟県の弥彦山、西生寺という寺にあるというのだが、おれは行ったことがない。

こんど機会があったらぜひ確かめに行きたいものだ。ラバーダックのミイラだったりして。なんでラバーダックなんだ?

ああ、そうだ、野村少佐の目にはあいつが全長一キロメートルを超える巨大なラバーダックに見えているのかもしれない、という思いからへんなところへ考えがとんだのだった。ラバーダックか。おれには依然としてクエスチョンマークに見えている。

『イメージスクランブラをかけられているのはまちがいなさそうです』

いままで黙っていた五番機の沢渡堅丈少尉が言った。

沢渡少尉は基本に忠実な青年だ。おれがあたりまえだと直感で判断することを、いちいち論理で確かめてから、おれと同じ判断を下すという男だ。

「で沢渡少尉、おまえにはあいつがなんに見えるんだ？」

とおれは訊いた。

小隊の全員が沢渡少尉の返事に期待した。沢渡はしばし沈黙の後、言った。

『そんなこと。恥ずかしくてとても口にできません』

期待どおりの返答だった。

「どうすれば幻視像を消去できるかな」

『ドップラーレーダーではだめなようね』と若井中尉。『目標は振動しているのかもしれないし、レーダー波の分解能ではよく見えない』

『レーザーは。非接触形状探査はどうかな』

と賀川中尉。

探査用紫外線レーザーは役に立ちそうだ。

が、それは野村少佐が反対した。

『エネルギー密度の高い波はあてるな。正体不明だ。爆発するかもしれん。あいつはもしかして一ヵ月前に水星から盗まれた、反物質移送カプセルかもしれない』

『水星から、反物質が盗まれた、ですって？　水星のアポロエネルギー会社から？』と小夜子。

『だれが盗むんです？』と沢渡青年。

『宇宙海賊か』と賀川の脳天気野郎。

　この世に宇宙海賊なんかいるものか。いまのところは、いない。海賊的行為に出る国家ならあるかもしれないが。二つしかないから、そういう事態になればすぐわかる。水星と地球の二つの連邦国だ。火星にも人間が植民しているが、地球から独立してはいない。火星を基地にしたその付近の資源開発はこれからだ。

『水星軍の手先機関が盗んだらしい。極秘情報だが』と野村少佐。

　僚機との通信は暗号回線を使用するのだが、それでも大声で「極秘情報だが」はあまりにも大胆だな。

　水星軍部が、しかしなんでアポロエネルギー社からそんなものを盗まなくちゃいけないんだ？　買えばいいじゃないか。堂々と。どうも野村少佐が知っているなどという極秘情報はあてにならない。

『極秘情報によるとだな、水星軍部は秘密研究をしているらしい。水星から直接地球を反物質爆弾で爆撃する方法だろう』

「それが事実なら地球が黙っているはずがないでしょう」

『だからいま地球は情報収集にやっきとなってる。あいつは実験用爆弾かもしれない。破壊せず捕獲しろ。上からの命令だ』

「信じられないな。水星連邦がそういう計画を立てているとしても、こんな証拠品を飛ばすわけがないじゃないか」

『わたしだって信じられないね。兎ヶ原基地司令だって信じないさ。しかし正体不明物体を不明のままにしておくよりは、ましだ』

「捕獲するといっても、あんなばかでかいものを」

『こちら五番機』と沢渡堅丈少尉。『大きいのは見せかけ、つまり、はったりかもしれません。精密な重力波レンズがあれば、あいつはさほど大きな質量ではないことがわかると思うのですが……とにかく晨電の視覚ディスプレイはあてにならない。眼以外で感じなければいけない』

その方法はある。

晨電の機動モードを高機動戦闘モードに切り換えればいいのだ。あまりやりたくないのだが。高機動戦闘モードにすると、気密服の内側から無数の針が肌に打ち込まれる。全身に、だ。鍼《はり》治療の針のようなものだが、こいつは晨電の機体姿勢の情報や、空間位置などをパイロットの肌に直接入力するためのものだ。パイロットは眼ではなく肌で状況を知ることができる。そしてパイロットの意志はその針が感じとる。機体の機動信号をパイロットの筋肉がダイレクトに発生させるのだ。パイロットの筋肉や脳は機体の中枢コンピュータに接続されるにほぼ等しい状態になる。すべての計器類が肌に内蔵されるようなものだ。針の中には、中空になっていて内部に一種の毒物が入れられているものもある。絶対にしてはならない機動、たとえば不用意に減速してしまって、地球や太陽に向かって落ちるはめになるとか、を中枢コンピュータが察知するとパイロットに針電流で知らせるが、それを無視すると神経毒がごく微量注射されて、一時的にその部分の筋細胞は神経からの情報を遮断されてマヒする。こいつは痛い。ほとんど人間性を無視したシステムだが、死ぬよりはましだ。宇宙は死神がすぐそばにいる。〇・一秒の判断の遅れも、死神は見逃さない。こうまでしなくてもコンピュータが独立して作動すればいいのにとおれなんかは思うのだが、晨電の操縦システムを設計したやつは、コンピュータに主導権を渡すくらいならパイロットを毒殺するほうがましだという思想をもっているらしい。実際、アレルギーショック体質の人間は、この戦闘機のパイロットにはなれない。

この非人間的システムを使えば、あいつの正しい形がわかるだろう。そう沢渡堅丈少尉は言っているのだ。

おれは気がすすまない。だれだって痛いのはいやだものな。

視覚は、痛みはともなわない。見るということは、圧力を感じるわけじゃない。強烈な光は別だが。見えるという感覚は対象と距離をおいている。言うなれば客観的な感覚だ。客観的というのは錯覚で、実際は網膜上に発生した信号を頭の中で主観的に処理しているのだけれど、痛くはないから、客観視できるわけだ。しかし触感はちがう。快い刺激ならいいが――うまい攻撃コースにのると快感が全身に発生する――痛いのは、痛い。右上方に敵機、という情報を針で感じるのは痛い。脅威の高い敵ほど痛みが増す。その痛みの感覚は、身体のどの部分が痛いというのではなく、身体を離れた、脅威の高い敵のいる方向の、コクピットの壁面あたりに生ずる。奇妙な感覚だ。右手を失った人が、それでもないはずの右手の上に痒《かゆ》みを感じることがある、というのに似ている。触感が体外空間に投射されるのだ。

正体不明のあいつ、クエスチョンマークの実際の形状を肌で感じることは可能かもしれない。あいつのイメージスクランブラが視覚だけでなく触覚も騙せる能力があるのでなければ、だが。たぶんそんな能力はないだろう。人間の五感の中で触感がいちばん正直というわけではないが、晨電の触感ディスプレイは最新のシステムだ。これを攪乱《かくらん》するシステムは少なくとも水星軍のほうにはないだろうと思う。

「沢渡少尉、おまえ言い出しっぺだからな。触ってみろよ、あいつに。恥ずかしくて、きっと気持ちいいぜ」

『かかか、からかわないでください、どうして気持ちいいんですか』

『ねえ堅丈くん、なんに見えるのよ』

小夜子のにやにや笑いが見えるようだ。堅丈くんの真っ赤な顔も。

『純情でいいよなあ』と賀川剛志。『おれなんか〝宇宙を行く感嘆符〟より恥ずかしい物体なんぞ思いつかないぜ』

『オーケー、沢渡少尉の言うとおり、視覚はあてにならん。針ネズミに変身しよう』

野村少佐の言う〝針ネズミに変身する〟というのは、触感ディスプレイを使用する、ということだ。

『だれがやる?』と賀川。

『若いし、ここは当然』と小夜子。

「若井中尉がやるのか」

とおれ。あたしは若い、といつも言っている小夜子だ。

『ちがうわ。堅丈くんよ』

つごうのいいときだけ若くなくなる。

「たしかに婆さんにはきついだろう」

『なんですって?』

「いや、ここはやはり沢渡少尉がいいだろうな」

『黙れ』と野村少佐。『全員で針ネズミになる。慣性追尾をやめて高機動態勢に入る。高機動戦闘モードに切り換えろ』

『こちら五番機、了解』

『よろしい……二、三、四番機、応答しろ』

通信回線にピシパシという雑音が入る。

『大介。それとも剛志か。まさか小夜子？　雑音で聞こえないとは言わせんぞ。だれだ口で雑音の物真似なんぞして――』

『ちがいます、隊長。これはあいつの電磁妨害か――』と沢渡少尉。『いいえ、緊急の軍航宙支援回線からの情報。兎ヶ原基地の軍天象観測部から、太陽フレアの発生のおそれあり、ということです。雑音は太陽嵐の前ぶれかもしれない』

『全機戦闘態勢』野村少佐はきっぱりと命じた。『これは訓練ではない。高機動戦闘モードを選択しろ。嵐がなんだ。行くぞ』

しかたがない。太陽面爆発があまりでかくないようにと祈ろう。天象予報はあまり当たらないから、爆発は起こらないかもしれないし。いま太陽は活動期じゃないから、フレアもさほど大きくはないだろう。

おれは操縦スティックの戦闘モード選択スイッチを入れる。

全身に針を打ち込まれる。痛くはないが、快いともいえない。全身の毛が針金になって逆立つような感じだ。

生体波感応操縦回路、オン。視覚ディスプレイにオンを知らせるインジケータが表示される。

生体・中枢コンピュータ間触針IOインターフェイス、オン。

触感外部環境ディスプレイ装置、作動。

「これで缶風呂にどうしても入らなくちゃならなくなった。おれは」

あの風呂がきらいだ。針を打ち込んだあとには必ずあの風呂に入らなければならない決まりになっている。消毒のためらしい。それから必ず桂谷軍医の診察を受けなくてはならない。生体に打ち込んだ針で機をドライブした結果、精神に傷がつかなかったかどうかを調べるためらしい。桂谷軍医にすればもともとおれたちは脳天気症なのだから、それが別の精神症に変化しているかどうか、ということなのだろう。余計なお世話だ。まったく。

身体が針を介して機の中枢コンピュータに接続されると、機の外部環境センサの情報が触感で感じられるようになる。

そのとたん、おれは無限の宇宙の深さを肌で感じる。それはいきなり戦闘機の足元の床が抜けてしまったような感覚だ。

左後頭部の先に熱い球状のもの。太陽だ。

右前額部に大きな障害圧力を感じる。地球だ。

太陽と地球の二つの天体の重力場。その場を高速で移動中であることが、たぶん魚が水中を泳ぐときはこんな気分だろうという、波のような振動場を突っ切る感じで、わかる。

　足元にもっとでかい物体を感じる。月だ。

『二番機と五番機は目標の前へ出ろ。目標の針路を妨害する』

『二番機、了解』

『五番機、了解』

　隊長機を除く四機で組む横一文字の編隊をといて、両端の二機が機動エンジンをちょいと点火、加速する。二機の戦闘機は〝?〟の中央付近でクロスし、〝?〟を追い抜く。おれたちより少し離れた〝見おろし位置〟という隊長機ポジションにいる野村少佐から、『そこで目標と等速』の指示がとぶと、二、五番機はブレーキング。

　巨大なクエスチョンマークの形はそのままだった。そのはるか前方でブレーキをかける若井機と沢渡機。機動エンジン噴射口を進行方向に向けてパルス噴射。おれはそれを視覚ディスプレイで見ている。

　隊長機がおれたちを追い抜いてゆく。

『おれに続け。軌道を同期、三秒間隔』

　了解。おれは機をひねり、隊長機を追う。

　足元から白い弧《こ》がせり上がる。視覚ディスプレイに月面があらわれる。巨大な爪の半月マークのようだ。

クエスチョンマークは月の重力を利用し双曲線軌道を描いて地球へ向かう。

おれは探査レーダー波を目標に固定して、そいつの本当の形を手さぐりで――レーダー波さぐりで――感じようとした。

クエスチョンマークの進行方向を軸とする螺旋《らせん》を描く隊長機が感じられる。その感触圧力は触針によって肌に入力されるのだが、感覚は目の前のディスプレイの隊長機の像の上に現われている。つまり視覚と触感が同期されているわけだ。

が、クエスチョンマークはそうではなかった。触感ではクエスチョンマークの圧力は感じられない。マークはない。どこにも。

そのときだった。クエスチョンマークが口をきいたのは。

『こちらは非武装探査機。攻撃の意思はない。貴機はこちらの針路を妨害している。すみやかにコースを変更されたい』

その声は宇宙救難用周波数帯にのって、おれの耳にとどいた。ふわふわの毛糸玉のような触感のある声だった。

『かわいい声ねえ』と小夜子。

『おもちゃのアヒルのようだ』とは隊長の野村少佐の感想。

『おれにはゲジゲジのように感じられる』と賀川。

『堅丈くんは?』

『やわらかくて、あったかい、です』

そしておれには、そうさな、狐のふわふわの尾のようなイメージのわく声。

その感じはそいつの声によるものだ。形はよくわからない。

「目標は小さいな。一〇〇〇メートルもない」

『ビックリマークになってはったりをかましたり、ゲジゲジ声で騙そうったって、そうはいくか』

賀川機がおれに接近、すれすれで追い抜くと目標に向かって急降下する。

賀川剛志は好奇心の強い男だ。それはいいのだが気が短くておっちょこちょいときてる。四番機、勝手な行動をとるな、と隊長は言うだろうと思った。だが野村隊長は賀川をとめなかった。賀川はいい腕のパイロットだ。それはおれも隊長も認めている。

しかしなんとなく、やばい気がした。

賀川機は巨石のクエスチョンマークの尾の部分へ突っ込んでいく。

「危ない。激突するぞ」

賀川機は、激突した。

信じられないことに賀川機は幻のはずの巨大なクエスチョンマークの太い胴体、高層ビルのようなそこに接触し、姿勢を崩す。

瞬間、巨石体からはねとばされる。と同時に爆発、四散した。

その四散した破片群が迫る。

眼の中でフラッシュがたかれたような感じ。

強烈な光だ。中枢コンピュータが警報を出したような気がしたが、よくわからない。

重い宇宙線がおれの眼を突き抜けていったのかもしれない。高エネルギー粒子が。

そして、まっくらになった。

なにも見えず、なにも聞こえない。

なにも触れる感じがなく、重力感もない。

コンピュータ、オフ。機は死んだようだ。

加速度が感じられない。自由落下だな。どこへ落ちる？　月か。地球か。太陽か。おれの愛機はどうなったんだ？

いったいなにが起こったのだ？

まっくらまっくらまっくらまっくらまっくら……な闇の中に、微小な〝？〟が無数に飛び回っている。気がする。チリチリと。おれの神経が無意味に発振している電気信号かもしれない。

3

ぼくには追いかけてくる宇宙戦闘機が見えたし、それに乗っているパイロットたちの会話も聞くことができた。

でもぼく自身がどんな形をしているのかとなると、わからない。

それでぼくはいらいらしているのだが、ぼくの主人らしき〝私〟はパイロットたちの会話を聞いているうちにリラックスしてきて、そのうちに笑いの衝動をこらえることができなくなった。

〝私〟の笑いのパルスはしゃっくりのようにぼくの言語発生機に干渉した。

それでぼくの記述エリアには延々と笑い声のコードが入力された。

（呵呵呵呵呵呵呵呵呵呵呵呵呵呵呵呵呵呵呵呵呵呵呵呵呵呵呵呵呵呵呵呵呵呵呵呵呵呵）

ぼくはぜんぜんおかしくなかった。

〝私〟は脳天気だ。

（私が脳天気だって？）

類は友を呼ぶ。

突如そんなフレーズが浮かんでくる。〝私〟がそう思ったのだろう。〝私〟はぼくなんかには言葉で表現することがかなわないほどの極超大脳天気にちがいない。

ぼくが脳天気だとしたら〝私〟が脳天気なせいだ。

(私が脳天気だとしたら、私を創造した人間が脳天気だったせいだ)

朱に交《まじ》われば赤くなる。合掌。

なんで。なんで右のようなフレーズがでてくるんだ。ぼくを造った人間ってだれだ。だいたいぼくは、〝私〟は、なんていう名なんだ。

(迷惑一番)

なに?

(メイワクイチバン、というのがおまえの名だよ)

迷惑一番だって? 嘘だろう。なんでそんなおかしな名なんだ。

(迷走する人工惑星一番機、の略だよ)

〝私〟は嘘を言っている。ぼくにはわかる。

(わかったか? やっぱり。〝私〟の名はマーキュリーというんだ。単純な名前だ)

水星から発進したのかい。

（そうだ）

マーキュリーって水星のことじゃないか。

いいかげんな命名だな。

（マーキュリーというのは神さまの名前さ。ギリシャ神話の使いの神だよ。人間がさまざまな言葉を使うようになったのはマーキュリーのせいだという伝説がある。大昔はひとつの言葉しかなかったのだが、使いの神マーキュリーがそれをさまざまに変化させたというんだ。で、そんな神さまに来られては迷惑だろう。だから、おまえは〝迷惑一番〟なんだ）

それは〝私〟がぼくにつけた名前かい。

（いいや〝私〟の別名でね。マーキュリー・プロジェクトの立案者である和泉教授がつけたんだ。マーキュリー計画という名称はかつてあったし、これからもあるだろうというので、それらと区別するために、計画名にも、〝いろはにほへと計画〟という別の名をつけた。しかしこれではあまりにも――）

脳天気だな。

（そう。それでプロジェクトの正式名はマーキュリー計画で、私の名はマーキュリーなんだ）

どういうわけか前科六犯という言葉が浮かんできたけど。

(それは和泉教授のあだ名だよ。本名は和泉禅禄というんだ。ゼンロク。それで前科六犯という連想だな。ユニークな学説を唱《とな》えている問題教授らしい。私の性格は彼の影響を強く受けていると思う。彼は水星宇宙軍大学の教授だけどね、自分の研究を軍戦略開発省に売り込んだんだ。研究が完成すれば究極の勝者になれる、といって)

眉つばな話、眉つばな研究だな。

(なにしろ前科六犯だからな。研究の予算なんかほとんどとれないでいた。でもそのときはちがった。宇宙軍当局は教授の『究極の勝者になれる』という言葉につい心を動かされて——いや、教授の研究に高い価値を見いだして、マーキュリー・プロジェクトを発足させようと努力した。つまり水星連邦に働きかけた。その工作は成功して、マーキュリー・プロジェクトは正式にスタートした。軍の管理の下で、だ)

工作が成功した、というのは〝和泉教授の〟工作が成功した、ということか。軍をだまくらかして、やりたいことをやったんだ。

(そうかもしれない)

そうなんだよ、きっと。隠さず白状しろ。

(私は和泉教授自身じゃないから知らないね。でも、まあ、いいか。おまえは私の一部だから本当のことを知らせても。そう、軍当局と教授自身の研究の狙いは少々異なるだろうな。教授は自分の理論が実証できればいいんだ。しかし軍はそれだけじゃなんの利益も得

られない。理論を戦略面で応用できなくては研究する意味がない。和泉教授は、応用可能であるとは言ってない)

それで、ぼくはいったい何なんだ？　ぼくというか、〝私〟は？

あの地球連邦宇宙軍機のパイロットたちの言うように、ぼくは爆弾なのかい。

(ほんとにあの雷獣迎撃小隊の連中は脳天気だ。他人のような気がしないね)

爆弾なんてやだからな。

(とんでもない。探査機だと何度も教えてやっているじゃないか)

スパイ惑星？

(プロジェクト局内では次元探査機と言ってる。それは表向きの名でね)

じゃあ、裏では？

(私は、多元平行宇宙横断探査機なんだ)

平行宇宙を横断する？　手を上げて？

(そうさ。手を上げて合図したら、あの雷獣迎撃小隊の連中が見つけてくれた)

わけがわからないよ。

(和泉教授は哲理学の博士だ。この世界は無数の平行宇宙から成り立っているということを立証するための研究をしているんだ。つまり、わずかずつ異なる宇宙が無数にあり、その無数の宇宙を旅することを目的として造られたのが私なんだ。時間や空間を移動するのではなくて、平行宇宙への旅なんだ。となりの宇宙では地球が水星を滅ぼしているかもしれないし、どこかには水星が地球を無血で占領した宇宙もあるだろう。もし現宇宙で戦争が始まって、旗色がわるくなったら、勝利した宇宙をこちらの宇宙につなげてしまえばい い。つごうのいい宇宙は必ずあるはずだから、常に勝者になれるわけだ)

相手は満足しないだろう。

(相手も満足するような宇宙を探せばいいんだ)

……やっぱり脳天気だ。ぼくはそう思う。ということは〝私〟も、ぼくにそう伝えつつ本音はその説明を眉つばだと思っているんだ。

では本当は、真の〝私〟はなんなんだ?

(極秘。知らせるとおまえの存在の意味がなくなる――これを知らせるのもかなりまずいかもしれないな)

ぼくの存在価値は? 役目はなんなんだ。

(おまえは私の体験していることを記録すればいいんだ。和泉教授に読ませるための記録さ)

いつ読む? いつ帰れるんだ。

(二度と同じ宇宙に帰ることはできないと予想される。確率上、不可能なんだ。しかしよく似た宇宙で停止することはできる。そこでは和泉教授が待っているだろうさ。私の帰り

を。和泉教授が待っている宇宙を探せばいいんだ)

そうかなあ。

その考え方でいくと、無数の〝私〟やぼくが無数の多元平行宇宙を飛び回っていることになる。

どんな状況でも考えられる。

複数の〝私〟マーキュリーが和泉教授のところへ帰ったり。

ぜんぜん帰ってこなかったり。

和泉教授のいない宇宙だったり。

水星がなかったり。

(でも私は、和泉教授のいない宇宙や水星がない宇宙など、出発した宇宙とあまりに異なるところはパスする)

〝私〟そのものが異なる機能や目的をもって発進した宇宙もあるだろう?

そう考え出すと、頭が混乱する。ぼくにはそもそも頭はあるのかな。

(頭は私。おまえは手だな。たとえて言えばそうなる)

おもしろくない。

〝私〟はぼくに真実を隠している。

多元平行宇宙だって?　眉つばだ。眉つばだと感じるのは〝私〟もそう感じているからだと思う。ちがうか？

(眉つばの語源についてはいろいろな説がある。教えてやろうか？)

けっこうだ。それよりも。

(狐や狸が人を化かすとき、その人間の眉毛の数を知る必要があるんだ。眉毛の数を数えられた人間はまんまと化かされるわけだよ。だから化かされないために眉につばをつけたところから——)

〝私〟は真っ赤な嘘をついているわけではないのだけれど、ぼくに明かしたくない事実を隠しているのは確かだ。ぼくには〝私〟が隠し事をしているのはわかるのだが、内容がわからない。

(多元平行宇宙を横切っているんだ)

そうかな？

(そうとも。おまえが目を覚ます前、あの戦闘機たちは攻撃を仕掛けてこようとしていたんだ。それをおまえに記録させるために私はおまえの作動回路を入れた。おまえが目覚めて数瞬のうちに私はいくつかの平行宇宙を横切ったんだ。いま私がいる宇宙は、あの雷獣迎撃小隊がとても脳天気な性格の人間である宇宙なんだ。それで危険は回避《かいひ》された)

類は友を呼ぶ。

朱に交われば赤くなる。

またまたそんなフレーズがぼくの意識野に浮かんできた。どうしてかは、わからないが。

(ここなら安全だろう)

どうするんだ?

(ブレーキをかけている。雷獣迎撃小隊のパイロットたちに私がおかしな形に見えているのはそのせいだ。彼らは次元の裂け目をのぞき見ているわけだよ)

どうもちがうような気がしてならないが、深く考えないことにした。〝私〟は攻撃されるところをうまく逃げたようだし、ぼくは自分が爆弾でないのがわかったし。

(この宇宙に停止する)

〝私〟はそう宣言した。

それは時間や空間に対して〝ここに停まる〟というのではなくて、多元平行宇宙の一つであるこの宇宙、このシチュエーションに〝私〟を固定する、という意味だ。〝私〟の説明からすれば、そういうことになる。

多元平行宇宙を横切っている〝私〟の動きが止まる。

止まった――と〝私〟が宣言する直前だった。

雷獣迎撃小隊の四番機が〝私〟に急接近をはかった。

迎撃降下、急降下爆撃、神風アタック、そんな言葉が出てくる、劇的な、予想もしなかった動きだ。

〝私〟は視野角を最大にした。三六〇度全方位が同時に見えるようになったが、〝私〟自身の姿の部分は死角になっている。眼はその眼自身を見ることはできない。ぼくには〝私〟が見えない。

雷獣四番機、晨電というその宇宙戦闘機は、接近した。姿が大きくなった。とたん、姿を消した。視野の死角に入ったのだろう。盲点に入ったように突如姿を消す。

ほとんど同時に宇宙が震動した。

雷獣四番機は〝私〟に激突したらしい。

視覚レンズがぶれたのだろう。でもぼくの感じでは宇宙そのものが身震いしたのではなかろうかという視界のぶれだった。

月全体がブンと震えた。

震えがおさまって月の輪郭がくっきりと宇宙の背景の闇に浮かび上がると、次は地球がブンと震えた。

地球がしゃんとすると次は、あれは火星だな、火星が身震いした。

太陽がブルンと身震いした。

惑星たちが身震いした。

その震えは全恒星に伝染した。

震える波が宇宙に向かって広がった。そんなふうに見えた。

それは地震ならぬ宇宙震だ。

その震動波をもろに食らった視界中の四機の雷獣たちは一瞬のうちに空宙分解を起こして霧のごとく広がり——と思ったのだが、震動がおさまると元どおりの姿にもどった。

死角に入っていた四番機が視野にとび出してきた。

それは〝私〟自身の内部から発進したような現われ方だった。

四番機は〝私〟とぶつかって、はねとばされたのだろう。

この震動現象は一瞬の間に生じた。

あるいは生じなかった。

雷獣四番機が視野の死角に入ってから出るまでの時間が測れない。時計がその間の時間はゼロだと言っている。

激突のせいでクロックパルスのカウンターがパルス数のカウントをまちがえたのかもしれない。

(止まった)

時計が？　いや、〝私〟は平行宇宙を横切る動きを止めた、と宣言したのだ。

そのブレーキの加速度でぼくの頭が加速度症のためにおかしくなったのかもしれない。

止まった。〝私〟は止まった。

右の意味では、止まったらしい。でも空間運動は止まってはいなかった。

〝私〟はやっぱり雷獣四番機と衝突したらしい。

〝私〟の速度と進行方向が変化している。

速度が殺されている。

月が風船のように膨らむ。月が迫ってきている。〝私〟は、つまりぼくは、月に向かって落っこちているんだ。

視界に十字形のマークが出ている。〝私〟の周りをぶんぶん回っている。

なんだ、あのマークは。

(私の機体の方位マーカーだ)

それが〝私〟を中心にして衛星のように回っているということは、つまり〝私〟がくるくると回っているということか？

(そうだ)

〝私〟は超広角視覚を切った。マーカーが消えた。通常視野レンズに捉えられた景色が回る。

このほうがいまぼくのおかれた状況をより正しく表現した映像だ。目が回る。

ぼくはくるくると回りながら月に墜落しているところなんだ。

大変だ。

(落ち着け。なんとかするから)

大変だ。月に激突する。壊れる。いやだ。壊れたくない。

(うるさいな)

くるくると全天が回る。

〝私〟は機体の自転をなんとか止めようとしている。回転がだんだんゆっくりになる。

この様子だと〝私〟の大きさは、あの晨電という戦闘機とあまりちがわないようだ。山のように大きければぶつけられても悠然と飛びつづけていられたろうに。

それなのに。落ちてゆく。

〝私〟がくるくる回るのは止まったけれど、月面はどんどん迫ってくる。

下に見えるのは〈危難の海〉かしらん。

(まったく脳天気なんだからな。おまえが脳天気だから脳天気なやつらが現われて、ぶつかったんだ)

類は友を呼ぶ。

ぼくが脳天気だからあの雷獣たちが現われたって？　冗談じゃないよ。ぼくは〝私〟の一部なんだろう。ならば、脳天気な連中が寄ってくるのは〝私〟が脳天気だからだ。

(好きなように記述するがいいさ。だが脳天気はまだついてくるぞ)

ぼくは〝私〟の後ろについてくる五機の脳天気連中を見た。〝私〟が視覚レンズをわざわざ後ろに向けてぼくにそれを見せたんだ。

五機の晨電戦闘機はコマのようにくるくる回りながら〝私〟に吸いつけられるように〝私〟の後ろを飛んでいる。

パイロットたちはさぞ目を回していることだろうな。

あまりに目を回していて声も出せないらしい。交信の声が聞こえてこない。

死んじゃったのかな。

(死んでもそれに気づかないような連中だ。殺しても死ぬもんか)

ぼくもそう思う。

(目を覚まさせてやろう)

〝私〟は五機の戦闘機に手を伸ばした。

手ではなかった。視覚レンズでは捉えられない。紫外線レーザーかな。

〝私〟は五機の晨電の中枢コンピュータに侵入した。失神していたそれをオン。

どうしてそんなことができるんだ?

(それは簡単さ。これが可能な宇宙を選んで停まったんだ)

なるほど。だけど、どうも眉つばなんだよな。

(眉がびしょ濡れだ)

ぼくに眉があれば、ね。

(お望みならそういう身体を造ってやろう)

どういうこと？

（なんでもできる。私はこの世の主人公。そういう宇宙に来たんだ）

〝私〟は高笑いした。声が聞こえたわけではないが、そういうイメージが〝私〟からぼくに送り込まれてくる。

（もっとカッコいい表現をしろ。やっぱりおまえは欠陥言語発生機だ）

と〝私〟はぼくをたしなめると、勝ちほこった笑みを浮かべた。と書いてやろう。

それからわくわくする心地で考えた。

（まずなにをしようか？　私は、そう、シリアスなのはきらいだ。シリアスな問題、命にかかわる問題は、いやだ。とりあえず、戦闘機というのが気に入らないね）

どうするつもりだ？　呪文《じゅもん》をとなえて戦闘機をこの世から消してしまうの？

（もっといいことがある）

どんないいことかとぼくは期待した。

〝私〟はこたえた。

（この世にある軍隊を——）

軍隊などない世界にしてしまえばいい。

（いや、それでは彼らのおさまる場がなくなる）

彼らって？

(後からついてくる雷獣迎撃小隊さ。まさかついてくるとは思わなかった。あれは計算ちがいだったよ。おまえのせいだ。おまえが脳天気だから)

くどいな。ではどうするんだ。

(軍隊を民営化する)

どう表現していいものやら、とても一言ではいえないが、〃私〃の考えを簡単に言語化すれば、そういうことだ。

しかしそのイメージといったら、もう、なんていうか、ヤクザかマフィアで、〃私〃は組長《おやぶん》か首領《ドン》という感じで、めちゃくちゃだ。

そういうのは民営化じゃなくて私物化というのではないか？

〃私〃は笑っていた。あごがあればはずれているところだ。

実際、はずれるのだ。

予知能力がなくたってわかる。

月の山が迫ってきていた。〃私〃は笑うのに忙しくてそれを回避するのを忘れたんだ。

迷惑一番。

笑止千万《しょうしせんばん》。

〃私〃は月の山の頂に接触した。

その衝撃でぼくはなにが、どこかれせたにされ、ずとめくるそだに、げた。

4

おれの目の前を飛んでいるのが小さな〝？〟マークならば。

小夜子は蚊のようなモアイ像を。

少佐はノミのようなラバーダックを。

堅丈くんは恥ずかしくて口に出せない×××を。

そして賀川剛志中尉は銀色の無数の〝！〟を。それらがぶんぶん飛び回るのを。

見ている。と思う。

賀川機はあるはずのない〝？〟に接触して爆発した。接触などするはずがないのだから、おれが見たのは幻視だ。

強力なイメージスクランブラをかけられている。視覚どころか、触感ディスプレイにも偽イメージ情報が送り込まれているにちがいない。

戦闘機を操《あやつ》っているという感覚がまったくない。お手上げだ。上げてみようにも手の感覚すらない。

あの巨大なクエスチョンマークは正体不明体なんかじゃない。

正体がわからないのは確かだが、友人ではないという事実は明らかだ。

あいつは敵だ。

友人がこんなことをするものか。

これが悪戯《いたずら》だとしたら、こんなことをしそうなやつは三人しかいない。沢渡青年をのぞく三人の僚友だが——いまはちがう。

操縦感覚を奪うというのは陰気な攻撃方法だ。おれは永遠に飛びつづけるか、どこかにぶつかるか、どちらかだ。前者ならゆっくりと、後者ならばいきなり、やってくる。死。本当にいきなりだった。しかし死ではない。

もどった。感覚が。

重力を感じた。機体が回っているのだ。

おれは機体の回転を知らせる触感センサで回転方向を知ると、回転を打ち消すモーメントを発生するように身体をひねった。実際にはひねるまでもなく、ひねるように筋肉を緊張させるだけだ。

視覚ディスプレイもよみがえった。

それを見るまでもない。大地が近くにあり、巨大な障害物が進行方向にあるのが、触感センサの圧力投射感覚でわかる。

「ひえー」とも「ヒョエー」ともつかない、二度と発声できない、できるかもしれないがやりたくない声を上げたのは、障害物をからくも避けて上昇に移ってからだった。

裸の尻を濡れ雑巾でなでられたような感覚におれは身震いした。危機一髪だった。

『雷獣三番機、大介、方位修正、減速しろ』

野村少佐から警告がきた。

おれの機は秒速二〇キロメートル以上でぶっ飛んでいた。月の脱出速度をはるかに超えている。

ブレーキをかけた。逆噴射だ。反射的に燃料系統のデータを触感ディスプレイでチェックしている。

胸のあたりまで水に浸っている感じがある。

燃料はまだ八分目ほど残っている、という触感応答。正確な数値データは視覚ディスプレイ上に出ている。

宇宙の迷子《まいご》になったり月面に弾丸みたいに激突する危険が消えたのを確認すると、おれは賀川を呼んだ。

賀川剛志は無事だった。

『ビックリマークがいきなり蝿たたきになったんだ。それで機体をひっぱたかれた。あとはよく覚えてない』

やはりおれが見た賀川機の爆散シーンは幻視像だったんだ。

雷獣迎撃小隊は全機無事だった。

賀川機の爆散は野村少佐も若井中尉も沢渡少尉も見た。そして三人はおれが賀川機の破片に突っ込んでバラバラになったのを見たという。

おれの機のパワーユニットの一基がちぎれとんで野村少佐の乗機を直撃し、搭載していた小型水爆ミサイルが誤爆。若井機も沢渡機もその小型核融合の閃光を感じた直後、おれと同じ状態になった。

「それであいつはどこへ行ったんだ」

『閃光の目つぶしをかけて逃げたみたいよ』

『目つぶしじゃなくて』と堅丈くん。『イメージスクランブラです』

なんでもいいんである。おれたちはだまされたんだ。

『下方をみろ』

隊長の野村少佐が指さした。

隊長はつまり触感ディスプレイを使って、指示したんだ。

その情報がおれたちの機にも伝わる。もちろん、おれたちの機は相互に戦闘情報回線でつながっている。

視覚ディスプレイ上に少佐の〝指示マーク〟が黄色の三角矢印で出ている。が？

普通は、まともならば、三角矢印マーク、なのだ。

ところが。

?、!、Ω、×××。

おれたちはみんな目を疑った。

矢印の指《さ》している目標にびっくりしたのではない。

矢印はなかった。指で指《さ》している具象マークが出ている。ほら、よくあるやつ。オーケーサインなら人差指と親指で輪をつくるだろう。あっちだよと人差指で方向を示すサイン、絵のマーク。

いま視覚ディスプレイに出ているサインは、そういう指サインだった。

『……おれたちはまだスクランブラをかけられているんだ』と賀川剛志。『敵は強敵だ。おれたちをとことん、ばかにする気だぞ』

ばかにして指を出すなら、あかんべーマークを出すほうが効果的だとおれは思った。それに、強敵だと言ったあとで、ばかにする気だ、はないよ。賀川は脳天気だ。なにを考えているんだろう。

『まどわされるな』

隊長の野村少佐はさすがに冷静だ。

『わたしの指す方向を見ろ。地表だ。なにかが不時着しそこなったような跡がある』

見えた。

比較的平坦《へいたん》な地に、ひっかき傷のような跡がついている。

その部分の映像を拡大する。視覚ディスプレイはマルチウィンドウで、見たい部分の拡大図が、窓のようにディスプレイ画面の正面上部に出る。

それに見とれていても操縦は大丈夫だ。触覚コントローラで機は操れるし、飛行状態も体感でわかる。

それでも、みんなそれに見とれていて、つい飛行方向がばらばらになる。

『警戒索敵を開始する。三番機、五番機、目標へ降下。二番機、四番機、上方警戒旋回』

了解。

おれは沢渡機と並び、編隊降下を開始する。

野村隊長機が少し離れておれたちを追尾、バックアップ態勢をとる。

おれたちは秒速三キロ以上で目標上空一〇〇〇メートルを通過。

大地についたひっかき傷は五、六〇〇メートルほどの長さで、三条あった。その周辺に金属破片らしき光沢のある小物体が多数散っている。

Uターン、高度を下げる。

『一級警戒態勢解除』と隊長機。『二番機、四番機、下方警戒態勢に切り換えろ』

了解、の声。

『大介、目標上空でホバリング。堅丈、大介を援護、旋回射撃ポジションをとれ』

おれが、的《まと》になるのか？　下から撃ってきたらどうするんだよ——と言いたかったが、下から撃ってくる心配はなさそうだ。

おれは機に制動をかけて、エンジンを下方へ向けはじめる。

高等飛行だ。まだヒヨッ子の堅丈の腕ではこんな飛び方をすると突《つ》んのめって機体を空中で前転宙返りやら、もっと格好よく——わるく——ムーンサルトをやらかすかもしれない。ひねりが加わったりして。

おれは、ムーンサルトをやらかさずに機をホバリングさせた。空中静止。しばらくなもんよ。敵は撃ってこないし。

これまで、おれたちは実戦をやったことはない。訓練ではない出撃は何度もやったが、それは救難出動であり、不明体接近のスクランブル出撃だった。不明体はだいたい隕石《いんせき》だった。初めから隕石を爆破する任務で飛び立ったこともあって、それはもちろん訓練ではないのだが、実戦というかんじじゃない。戦闘ではない。闘いではあるが、殺し合う戦いとはちがう。

今度のは、実戦だった。と思う。だった、のではなく、だ、なのだ。

目標であるらしい破片群は撃ってこない。

だけど、指マークの件がある。

まだイメージスクランブラをかけられているのだとすると、敵は死んでない。

『気をつけろよ、大介。破片群に見えているのは幻視像かもしれん』

らくなもんよ。機体を操るのは。

しかし。撃ってくるかもしれない。こいつは、実戦だ。

だれか、代わらないか、とは言えないよな。

ここで急に風邪をひくわけにもいかないし。

おれは覚悟を決める。

『着地しろ、大介』

えー、と言いたい。〝え〟に点々をつけて発音できそうにない声を出したい気分。そんな活字はない。字にならない絵の気分だ。

『小夜子、剛志、ホバリング。LLG精密照準で大介を援護』

LLGは五グラムほどの弾体を電磁加速して発射する強力なガンだが、心もとない。

『大介、着陸したら機外探査。機マニピュレータを使って破片の一部を収容しろ』

野村隊長も緊張している。

通常なら小樽中尉、と言うべきなのに。

『大介、注意をおこたるな。小夜子、なにがあっても命令なく発砲はするな。全員、アーマメントコントロールの状態をチェック』

二、四、五番機から『チェック』の応答。
『大介は』

「チェック」とおれ。「クリア」

『大介はアーマメントのセフティをロック』

ぶえー？　と言いたい。なんで。おれだけが武装の安全装置を入れなければならないんだよ。

『イメージスクランブラの影響をもろに受けて発砲しだすかもしれん』

そんな。

文句を言ってもはじまらない。これが軍隊だ。初めて、実感する、非情な命令だよな。

おれは機を着地させる。

月面の細かい白砂塵が埃のように舞い上がって、海底に着底したみたいに視覚がかすむ。

降着脚のストラットが縮む。

触感センサのせいで、その感覚が自分の脚のもののように伝わる。それとは別に、本物の機体の着地ショック。触感センサの体感情報のおかげで、機体のショックが危険なものか、安全限度内のものか、わかる。機の傾き具合なども、感じられる。

いい着地だった。

着地シミュレーターなら、一〇点満点が出るところだ。いや、少しバランスが崩れて減点かな。

こいつはシミュレーションじゃない。

おれは甘い気分を振り払った。

実戦なのだ。スマートでなくてもいい。機体がぶっ壊れなければ。自分が生きていられれば、だれがどんな点数をつけようと、自分で一〇点カードを上げてやる。

『収容できそうなものがあるか』

おれは視覚ディスプレイの視野モードをルックダウン探査モードにした。

見下ろす視界全体がゆっくりと回る。

自分が回っているみたいだが、探査レンズが動いているのだ。

レンズが勝手に動くと目が回るのだけれど、レンズはおれの触覚操作で、おれの意志で操作されているから、大丈夫。

『全機警戒。大介、慎重にな。全機、命令なしでは絶対に火器は使用するな。発砲権は大介に与える』

こっちからは撃てないが、撃ってはもらえるらしい。おれに当たったらどうするんだよ。

トラス構造の金属体がころがっているのが見えた。

さほど大きくない。長さ二メートルほどかな。白銀色だ。アルミのハシゴのようにも見える。

マニピュレータを出して伸ばす。

うーむ。もうちょっとのところで届かない。カリカリと月面をかく。届かん。

『ドジ。目標を決めて着陸しなかったのか』

目標の指示はなかったじゃないか。

こういうときは言い訳ができていい。

わたしは上官の命令に従っただけです、というやつ。

『フム。どうやら敵は攻撃能力はない。機械的な動きは死んでいるな。イメージスクランブラユニットは生きている可能性はあるが』

沢渡堅丈少尉が、

『中枢ユニットらしい物体を発見』

と言ってくる。

では全機そろってそこへ降りよう、と野村少佐は。言わなかった。おれ一人にやらせるつもりだ。

特別危険任務手当は出るのであろうか。

『大介、移動しろ。二四六パー〇三、おまえの左前方約三〇〇メートルだ』

やれやれ。

『移動したら、大介、機外へ出て状況を報告しろ』

もう声も出ない。

『肉眼で見ないことには、われわれは馬糞をもって帰ることになるかもしれん。だまされるなよ、大介』

月に馬がいるか。

いくらおれが脳天気だからといって馬糞をつかむわけがないだろうが。少佐はやっぱり脳天気だ。

馬糞はなくても兎の糞ならありそうで、どうせ言うならそのほうがなんとなく詩的ではなかろうか。

と思いつつ離陸しようとすると、

『噴射モーターは使うな、大介。現場をできるだけ荒らすな』

えー！　不自然だろうがかまうもんか。のどちんこがふるえてそんな声が出た。

しかたがない。

ストラットを油圧で伸ばしてジャンプ移動をする。

こいつは超高等技術だ。高等戦技フライト教育課程でもこんな機の操り方は教えてない。フライトじゃないからな。アクロバットチームだってやらない。見ばえがしないからだ。

だけど腕自慢を自称するパイロットたちはやる。

いかに機を自在に操ることができるかという、芸術的な技《わざ》だな。こけて機をぶっこわしたやつもいるそうだ。おれじゃない。野村少佐がこけそうになったのは見たことがある。少佐が教えてくれた技なんである。これができずに大きな面をしてはいかんぞ、とやってみせて、こけそうになった。

なるほど。

こういう場面で役に立つ技術なのか。それなら正式教科にすればいいのに、きっと軍はこれで何機もの機がぶっこわれるのをおそれたんだろう。

戦闘機ではない地上マシンなら、こういう動き方はあたりまえなのだが、晨電の脚はそれ用にできていないんだ。

しかし。まあ。おれもエリートパイロットだ――桂谷軍医の爆笑が聞こえてきそうだが――やるしかない。

三本の脚のそれぞれのストラットの伸びるタイミングをずらすことで跳ぶ方向が決められる。地は平坦でないから、むつかしい。

一発できめてやる。などとは思わないことだ。どうせひとっとびで三〇〇メートルは無理だからな。

おれはいつでも噴射モーターを始動して飛べるようにしておき、脚コントローラを手動操作にした。

わっとお！

ぶったおれそうになる。しかたなく噴射モーターで姿勢をととのえる。着地。いい方向だ。よいしょ。着地。どっこいしょ。着地。そらよっと。きれいに弧を描いて、着地。付近はぜんぜんモーター噴射を受けずに保存された。おれは脚コントローラに集中していた神経の緊張をといて、視覚ディスプレイを見た。ここでいいんだよな、とおれはディスプレイの位置表示ウィンドウを見、それから外部視野映像スクリーンに目を移した。

それで。

おれは野村少佐がなぜ噴射モーターを使うなと命じたか理解した。

これを見るまでは、なんと非情な上官であろうか、部下がこけるのがそんなに楽しいのであろうかと、少佐がそのような性格ではないと知りつつ、少佐の心根《こころね》を疑ったのだが。

おれは自分の目と頭を疑うことになった。

ほぼ平らな海の部分だった。

正確には、この海は〈天賦《てんぶ》の才能の海〉だ。地球からは見えない月の裏側になる。われわれの基地〈兎ケ原基地〉もここから北東二七〇キロほどのところにある。地球が見えないので地球からの観光客はあまり来ない。それはまあ、どうでもいいのだが、もし、これが地球から見える側、おれたちはそっち側を〝裏〟と呼んでいるのだが、くやしいから、ま、それもどうでもいいのだが、もし地球からこちらが見えるとして、高性能な望遠鏡で見たら――大気のゆらぎや分解能のせいで見えないかもしれないが――目を疑ったと思う。

おれは地球のみんな、ぜんぶの人間がこれを見て、「わたしにも見える」だから「きみの頭はおかしくない」と言ってほしかった。

白い海面に、砂の上だが、おれが見たのは、文字の列だった。文字。字だ。一字が五メートル四方くらいある。

それがずらりと、並んでいる。

横書きだな。幅二〇〇メートルほど。一行四〇字くらい。

何行あるのかわからない。ずっと先の方へ続いている。遠近原理で、先のほうは幅が狭くなって見えている。

おれの機はその文章の冒頭《ぼうとう》の部分に止まっている。

こんなもの、上からは見えなかったぞ。

日本語だ。

文の冒頭は、こうだ。


時は宇宙。処は未来。

こいつはSFらしい。おれはもう一度、目をこらした。〝時は宇宙〟だって？　こいつを書いたやつはアホか、それとも、脳天気野郎だ。

朱鷺は未来。野老は宇宙。

これはなんと読むんだ？　次を読んで、なっとく。〝ときはみらい。ところはうちゅう〟と書きたかったんだ。かなり苦労のしのばれる書き出しではある。

『大介、応答しろ』

おれはわれにかえった。

われにかえっても文字列は消えなかった。

「こちら雷獣三番機、小樽大介中尉。感度良好――」

『大介、見えるか』

「なにがです？」

とぼけるつもりはなかったが、ついそう言ってしまった。

別段、恥ずかしいものを見ているわけではない。しかしそれが見えるというのは、恥ずかしい気がした。

おれ以外の眼にはもっとまともなものが見えているのかもしれないと思うと、「なにが？」ととぼけたくもなる。

おれは「脳天気」と言われたくはないからな。

みんな、自分だけは脳天気ではなく、他の四人がそうだから自分の小隊は〈脳天気迎撃小隊〉と呼ばれるのだ、と信じている。信じようと、している。

自らが、おれは脳天気だと認めるような発言はしたくないじゃないか。

『あいつの先の方になにかあるぞ、大介、調べてみろ』

視覚ディスプレイに野村隊長の指マークが出て、文字列の尾の方を指した。

おれは深呼吸をし、脚コントローラに精神を集中した。

息苦しかった。

酸素供給量を手動で少し増加させてから、おれは機を跳ねさせた。

文字列は千五、六百メートルほど先でおわりになっていた。

　その衝撃でぼくはなにが、どこかれ
せたにされ、ずとめくるそだに、げた。

その最後のマルのところに、字を書いた者が倒れていた。

そいつは、腕だった。

肩からちぎれた、腕、だ。生腕だな。

かなりでかい。人間の胴体くらいの太さがある。ちぎれた傷口からは血が流れ、筋肉の筋や血管や神経が、ぞろりと出ている。

腕だけだった。

胴体はなかった。

『だまされるなよ、大介。なにに見える』

「……いや、なに、その……」

謎の飛行体には生身の巨人が乗っていて、墜落したあと、遺書を書き残した——とは考えられない。胴体も頭もなかった。

文字を書いたのは、腕自身と思われた。

おれは機の探査機能を総動員させて、その生腕をさぐった。

それが生身であるという反応は出なかった。

そいつの外殻は金属だ。

しかし目に見えるそれは、生腕だった。

『大介、機外に出て調べろ。肉眼で見るんだ』

「……隊長にはあれがなんに見えますか」

野村少佐はちょっと間をおき、それから実にさりげない調子で、

『腕』

と言った。

その言葉は、裸の王様の物語のなかで「王様は裸だ」と言った子供の声のようなものだった。

隊長は、勇敢だ。さすがに、少佐だ。高い給料をもらっているだけのことはある。

だけど、しかし、だ。

おれはそんなに給料はもらってない。

機から出るのは、危ないよな。

『大丈夫だ。やつは動けないようだ』

ようだという言い方が気になる。

『大介、おまえは勇敢だ』

とかなんとか言ってくれるよなあ。

抗命罪で軍法会議はいやだから、やるしかない。

おれは気密戦闘服につながれたハーネスや、触感センサコードなどを外した。

気密服の環境モードが内蔵生命維持モードに切り換わり、おれは機の生命維持管理から独立した。

球型のコクピットは気密タイプだが気圧は外部と同じになっている。万一服が破れたら、コクピットは空気で満たされる。服には小さな穴ならばふさがるように、ちょうど血液が外気に触れると硬化して傷口をふさぐような自動修復層があるから、コクピットが気密服なしでもいいほどの気圧をもつ事態になることはめったにない。

こいつは戦闘機だ。コクピットに穴を開けられる戦闘もあるかもしれない。コクピットにも自動修復機能はあるが――穴から空気が噴出して機のバランスが崩れ、どっかへすっとんでゆく、というのを防ぐために、コクピットは与圧されない。というのだが、それなら高圧燃料タンクや高圧呼吸用ガスタンクはどうなんだ、と言いたい。どうも設計者の思想はよくわからん。

それでも、こんな場合は、外に出やすくていい。コクピットの空気を抜く必要がない。わずかでも空気はもったいないし、下手に空気を放出したらその反動で固定されていない機体はぶっ倒れるかもしれない。なるほど。出やすいようになっているんだ。そういう、設計者が万一を予想した場面、その設計のありがたさを実感するはめになったのは初めてだ。

気密服が内蔵生命維持装置だけで制御されるようになると、機体からの触覚情報はもちろん消えた。

しかし視覚ディスプレイには、あいかわらず、生腕が見えている。その像は機の中央視覚情報処理装置が処理して出力した映像だ。

おれ自身が頭で処理した絵ではない。

外部世界が肉眼でどう見えるかは、機外へ出てみるしかない。

コクピットの位置制御をオートからマニュアルに切り換える。ハッチレバーをオープン位置に。

球型のコクピットはぐるりと回転した。

コクピットは自在に回転するようにできている。機動するとき、パイロットにかかるG負担の影響を常に最小にするためだ。

足元に狭い穴があく。実に狭い。乗り降りは大変だ。足から、出る。機外へ。

普段だと、人間型の整備ロボット兵にひきずり出してもらうのだ。ずるずると。口のわるいやつは、晨電から内臓を抜き取るのだ、などと言う。

おれは自分の力で、ずるずる、と出て地に足をつけ、機体外壁に頭をぶつけないように身をかがめて、機から一歩はなれた。

それから、おそるおそる、頭をめぐらした。

まず目に入ったのは気密服ヘルメット前部キャノピに投影されている服内環境状態を示す数字データだった。

気圧や残存空気量や、通信器作動状態モードなど。

それればかりを見ていたい気分だった。

そういうわけにもいかない。

投影データはキャノピ上に映し出されるが焦点は無限遠に結ばれるので、おれはそのデータから目をそらしさえすれば眼の焦点を変える努力なしで、そいつを見ることができる。

見たくはなかったが、目に入ってきた。

そのときのおれの安堵《あんど》感。

やったねと思わず叫んだ。

そして笑い出した。笑っていることにも気づかないくらいに。

『大介。大介、しっかりしろ』

おれは頭上《ずじょう》を仰いだ。

旋回しているのは沢渡機だ。

おれを挟むように地上から一〇〇メートルほどでホバリングしているのは若井機と賀川機。野村隊長機はおれの頭上はるか高く、一〇〇〇メートルくらいに小さな輝点となって見えている。

「大丈夫です」

とおれは言ってやった。自慢気《げ》な声に聞こえたことだろう。

文字列なんかなかった。ないことが自慢になるのだから、おかしな話ではある。

『消えたな』

『消えたわ』

賀川剛志と若井小夜子が言った。

なんだ、つまらん。おれの肉眼に見られたそいつは、もうイメージスクランブラを作動させる意味がないとあきらめて、スイッチを切ったのだろう。

ごく見慣れた月の海だった。

海のように平らではないが、地球の海でも波が出ればこのくらいの起伏は珍しくもないだろう。もっとすごいうねりだってあるかもしれない。

そこに、機上から見た文字列はなかった。

が、腕はあった。

おれは注意して、そいつがとびかかってくるかもしれないと、たぶんへっぴり腰で、近づいてみた。

腕に似ていた。

ロボットアームのようだった。

ちぎれたのは確からしい。その部分からは油圧コードらしきものや、電線やら光伝線やらが、引きちぎられた様子で、出ていた。

血に見えたのは作動油圧オイルらしい。

よくよく見ると、くの字型ではあるが、腕や手のようなメカ構造体ではないようだ。

これは墜落した不明体の、なにかの制御ユニット、知能回路を収めた箱か。

おれは腰を少しおとして、ちぎれた傷口のところへ顔を近づけた。

光ケーブルらしい切断面に不規則な赤い光の点滅を見た。

「……こいつはまだ生きてるぞ」

と自分で言って、思わず自分の声におどかされて尻もちをついた。すぐには地につかなくて、おれはそいつから三メートルほど跳んで、背からおちた。

『危険はない。大介、持てるか。いや、手で持たなくていい。機のマニピュレータのペイロードを超えないだろう。マニピュレータでつかめ。基地に持って帰る』

おれは抜けかかった腰を上げて、立った。

そのとき、おれは、そいつの声を聞いたのだ。

たぶん、そいつの声だ。

『ぼくはメイワクイチバン。なにも見えないよ。助けてくれ。ねえ、だれか、近くにいるんだろう？　ぼくはここにいるよ。見えるようにしてよ。足音がしたよ。きみはだれなんだい』

……。うそだろう。こいつ、いったいなんなんだ？

「みんな、聞こえたか？」

『気にするな。基地で調べればいい。大介、早くしろ。燃料が切れる』

おれの機の燃料はまだ大丈夫だが、ホバリングしている連中はかなり燃料を食っているはずだ。

おれの機は、大丈夫。しかし急がないと、おれはこいつとここに取り残される。

冗談じゃない。

おれは機にもどった。四苦八苦して機内へもぐり込み、ハーネス類をつける。気密服が正しく機と接続されているか、チェックする。これがなかなか手間どるのだ。

『急げ、大介』

「やってますよ」

しかし、どうしてもこいつを持って帰らなければいけないのかな。

『そいつを忘れるな、大介。重要機密だ。大切に運べ。われわれが援護する』

小夜子と賀川は上空警戒のために上昇した。

おれは機を発進させる。

マニピュレータを触感生体制御で操り、そいつをつかむ。

視覚ディスプレイは正常にもどっていて、そいつはもはや生腕には見えてなかった。

肉眼で見た像と同じだ。

それでも気色わるかった。

そいつは喋っていた。

『わあ、持ち上げられたな。どこへ行くんだろう』

こいつ。

脳天気だ。

おれはマニピュレータを機からできるだけ伸ばした。そいつを機体から遠ざけたところでマニピュレータをロック。

『よくやった、大介』

はるか上空を若井機と賀川機が飛ぶ。

沢渡機はおれと同高度を兎ヶ原基地に針路をとっておれの先を行く。

野村隊長機はおれの横を並飛行、ＬＬＧの銃口をおれの機からぶら下げられたそいつに向けている。

『基地に調査隊を編制するように言ったから、すぐに地上部隊が来るだろう。諸君、よくやった』

機嫌のいい野村隊長の声だった。

おれは、気味のわるいものがおれの機体のすぐそばにあるのを思うと、少佐のような気分にはなれなかった。

基地が見えてきた。

兎ヶ原基地だ。

早く帰って、生腕だったそいつなど、さっさと放り出したい。

それから風呂に入って寝てしまおう。缶風呂だってかまうことはない。

おれの全身はいままでになく、汗びっしょりだった。こんなに汗まみれになったのは初めてだ。気密服の温湿コントロールは完璧のはずなのだが。

服の足元にたまるほどの冷汗をかいたのは、ほんとに、初めてだ。

汗腺の元栓があけっぱなしになったみたいな、汗。

5

なんにも見えない。

あごをはずしてしまった〝私〟はどうしたのかな。壊れてしまったのだろうか。

ぼくは〝私〟の感覚器から切り離されたみたいだ。切り離されただけで〝私〟はまだ生きているのだ。と思う。

だって〝私〟は神さまみたいに自信満々だったものな。

ぼくは、〝私〟から独立したらしい。

いまのぼくは真にぼくだけなんだろう。

いいかいおまえ、これからはおまえ一人の力で生きていくんだよ。

そんなふうに言われている気がする。

ぼくは自分の記憶を整理して、自分の機能に異常がないかどうか調べた。

不時着のショックでぼくはしばらく気を失っていたみたいだ。

気がついたとき、すぐそばに、だれかが、なにかが、いる気配《けはい》がした。ぼくの身体には耳があるらしい。耳というより振動計だな。

大きい振動があった。

たぶん追ってきた雷獣隊の一機が着陸したんだ。

その気配を感じながら、ぼくは機能モニタを続けた。

記述フィールドから記録がコピー出力された形跡があった。不時着ショックでぼくは出力ゲートを開いてしまったのかもしれない。夢うつつで。コピー出力した覚えはないけど、出力ゲートが開かれたという記録が、記述フィールドではない機能モニタメモリに入っていた。

意識してゲートを開いたのならば、それはちゃんと、いまやっているみたいに、記述フィールドに書き込まれているはずだ。

だから記述フィールド内容がコピーされてぼくの身体から出ていったのは、ぼくが気を失っているときのことで、まあ、それだから、ぼくは気を失っていたってことがわかったんだ。

体内時計は気を失っていた時間を示していない。時計もいっしょに止まっていたんだろう。

で、ぼくは、不時着ショックのあと、すぐに、近くに雷獣らしき足音を聞いたのだけれど。

だいぶ長い間気を失っていたにちがいないのだ。

このままでは死んでしまうかもしれない。

さっきよりは小さな音が近づいてくる。

たぶん人間だ。

ぼくは人間とコミュニケーションできるように造られた機械だ。と〝私〟はいっていた。

話せばわかる。

結論。話して、助けてもらおう。

「ぼくは迷惑一番。なにも見えないよ。助けてくれ。ねえ、だれか、近くにいるんだろう？　ぼくはここにいるよ。見えるようにしてよ。足音がしたよ。きみはだれなんだい」

沈黙。

しばらくして、あたふたと去ってゆくかんじの足音。振動だな。なにをあわてているんだろう。

それからぼくは、もちあげられた。

加速度感知器で、それがわかる。

ぐいっと上昇。

えいやっと前方へ加速。

慣性飛行らしくて大きな加速感はなくなった。でもときおり振り子のように小さく揺れるのがわかる。

どういう状態なのかよくわからないけれど、想像するに、ぼくは雷獣からつり下げられて運ばれているんだ。

それで機体が左右にふらついているんだろうな。風にあおられているのかな。いいや、ここは月で、風は吹かないだろうから。

雷獣のパイロットが、いやいやをしているのかしらん。

それはないよ。〝私〟は言ってたじゃないか、雷獣の連中は他人のように思えないって。

きっと脳天気な連中だ。

つまり。友だちだ。

きっとうまくいくさ。

どこへ行くのかな?

兎ケ原基地だな。パイロットたちがどこから迎撃発進したか〝私〟はちゃんと知っていたものな。

ぼくは兎ケ原基地に運ばれて。そして。

きっと歓迎パーティに出るんだ。楽しみだな。早くつかないかな。わくわく。

6

兎ケ原の市街が見えてくると、おれは少し気分がよくなった。

卵の殻を地面に伏せたような建物がいくつも並んでいる。レーダードームや、光学望遠鏡ドームや、民間の展望ドームや、集光ドームだ。

街自体は地下にある。

兎ケ原市は歴史の古い街だ。

最初は日本の月基地だった。地球の南極基地のようなものだな。日本の、といっても、月はどこの国のものでもなかった。地球のものだ。いまは、地球連邦のものだ。

天体観測基地、月開発基地、鉱業開発基地と発展して、いまは軍事基地を背景に栄えている。いまでも天体観測はやっているし、開発は続いているし、巨大な大砲のようなマスドライバーで鉱物を打ち上げている。

そのマスドライバーはかつては宇宙開発機構のものだった。

宇宙開発機構が大きな力をもつようになって地球は連邦化した、と歴史の授業で習ったおぼえがある。このへんの解釈はいろいろあるだろうが、大昔のことだ。おれにはよくわからん。

なんであれ世は力を一人占めするのはよくないという方向に進んだのだ。いまは、どうかな？

いまマスドライバーを使っているのは民間会社だ。開発公社から完全に民営化された。その会社は官品払い下げのマスドライバーを買って商売をはじめた。まだつぶれていないからもうかっているんだろうな。

『大介、よたって飛ぶな。アプローチラインからずれてるぞ』

野村隊長機から警告がくる。

兎ヶ原基地は街から離れた山の中にある。

山の頂にはここに最初にできた天体観測所がある。兎の耳のように二つの峰がつんと立っている。そこが耳で、兎の鼻面のように斜面があって、高原となって広がり、それでこの地形が兎が腹を見せて寝そべり、自分の腹を見ているようなので兎ヶ原というのだ。眉つばだな。

どう見ても、兎の耳には見えない。

市街地を飛び越える。着陸準備。

耳の間へ入るのだ。耳の間というよりは、山の谷、谷というよりも裂け目だ。幅は底で八〇メートルくらいしかない。上へいけばもっと狭くなる。六〇〇メートル以上の高さがある。

賀川機が着陸灯を点けて、裂け目へと消えてゆく。裂け目には太陽の光が入らない。

『小夜子、大介を先導しろ』

『了解』

「大丈夫ですよ」

オートランディングスイッチ、オン。

『大介、ALSは使うな。自分で降りろ』

なぜ、どうしてなの？　と叫びたい。

『ぶらさげているものの正体が不明だ。いきなり誘導波を攪乱されたらどうする。絶壁の間をピンポン玉みたいにはねとばされたいのか』

晨電がそんなに頑丈ならいいんだが。崖に接触したとたんに爆散するよ。

野村少佐の言うとおりだ。いやピンポン玉のことではなくて、おれがぶらさげてるやつはなにをしでかすかわからないってこと。

オートランディングスイッチ、オフ。

『大介、手さぐりで小夜子をつかめ』

『少佐、いやらしいこと言わないでください』

おれは真面目《まじめ》に野村少佐の指示を理解した。

小夜子も真面目なんだろうが。

おれは触感操縦に切り換えた。

目標追跡レーダーで小夜子の機体を捉える。

ロックオン。

視覚はだまされても、触感ディスプレイはだまされにくい。おれは小夜子の機体をレーダー波でつかんだ。

大出力目標追跡レーダーだ。

そいつが電子妨害に出ても、なんとかおれの機は正気を保っていられるだろう。地上からの位置マーカー波や着陸誘導波や姿勢情報データが乱されても、いきなり視覚ディスプレイが真っ暗になっても。

もっとも、絶対に大丈夫ってわけにはいかない。レーダーだって触感ディスプレイだって電子回路で制御される。オートランディング回路よりは慎重で厳重な妨害対策がほどこされているというだけのことで、攪乱されないという保証はない。

へんなものは早く捨てたい。放り出したい。

だめ。そいつを壊すから。わかっているけどな。

『よし、行け、小夜子。大介、いざとなったらわたしがあいつを撃ってやる』

小夜子は機体をバンクさせて、裂け目へ向かう。べつにバンクさせなくたって方向転換はできるのに。セクシーだ。

おれはしっかりと小夜子の尻をつかんで、着陸態勢。

鋭い岩がごろごろしている。

竹の子みたいだ。

大きいのは高層ビルくらいあり、小さいのは竹の子くらいだろうな。とにかくギザギザの大地だ。

裂け目へと降下。大小竹の子群をさけて直線を引いたところが進入ラインだ。着陸進入誘導ビームが伸びているのが感じられる。

裂け目を上から降りてくるよりずっと素早く発着陸できるライン。

アプローチ。小夜子が裂け目の空間にとび込む。

太陽光がさえぎられて暗くなる。視覚ディスプレイはすぐに輝度調整されて、外の様子を明るく映しだす。

谷底に平らな着陸ポートが見えてくる。全部で三十六ポート、谷にそって二列に並ぶ。

着陸許可はおりている。

通常は一ポートに二機同時に降りることはないのだが、いまは小夜子と並んで降りる。

小夜子機のあとにぴったりとつく。すぐ後ろに、はりつくように野村隊長機が続く。

ヘリの着陸に似ている。ホバリングで上からしずしずと降りるわけではない。ほとんど固定翼大気飛行機と同じように進入し、最後のところでヘリのように速度を殺して、トンと着地。

ポート上に用意されている自走キャリーに無事に機の脚が降りて、キャリーと脚が接続されて、ロック。

キャリーは運搬機だが、まあ脚につける車みたいなものだ。通称ゲタという。機上からの操作で動く。

機をフライトモードから地上移動用タキシーモードにする。

絶壁に洞穴がある。基地入口だ。内は整備格納庫。機をタキシング、洞内へ。

機整備ロボットが近づいてくる。人間の形をしたロボットだ。宇宙服を着た人間よりもスマートだ。白や黄やオレンジ色と、作業担当によって色分けされている。

おれは機を降りる。白いロボット、パイロットの世話係のMSR38Kがおれの足をつかんでひきずり出してくれた。

おれの愛機はオレンジ色の機搬ロボットがおれの代わりに機を操り、整備用プラットホームの方へ移動。その脚に黄色のロボットがつかまっている。武装管理ロボットだが、彼はおれの機のマニピュレータがつかんでいるあいつに大きな二つの眼を向けていた。

歩いてエアロックへ。エアロックから基地内へ。まず脱衣ルームだ。

ＭＳＲ３８Ｋに手伝ってもらって気密戦闘服を脱ぐと白いインナーウェアつまり下着から湯気が立った。ぐっしょり濡れている。

となりが缶風呂ルーム。コンパートメントが並ぶ。その小部屋の中に缶風呂がある。小夜子はもう入っている。一つのコンパートメントが〈使用中〉のランプをつけている。ＭＳＲ３８Ｋがおれのためにコンパートメントのドアを開いてくれた。小部屋の壁に、おれの基地内用制服が掛けられていた。

インナーを脱ぎ、ドラム缶を横にしたような缶風呂のハッチをあけてもぐり込む。ハッチがしまる。呼吸マスクをつけると、温かい湯におれの身体が浮かぶ。暗くなる。心が安らぐ。胎児はきっとこんなかんじだろうな。

缶風呂がこんなに気持のいいものだとは知らなかった。目を閉じる。

おれは、缶風呂の照明がつくまで、出ろとその照明にうながされるまで、浮いていた。いつもならすぐに目を開き、二、三度パチパチやって緊急入浴中止サインを送り、さっさと出るのだが。

湯が排出される。ハッチが開く。のろのろと、這《は》い出す。

服を着て、廊下に出る。

ブリーフィングルームにおれをのぞく小隊全員がもう集まっていた。

「大介、腰をおろせ」

髪をちゃんと七三にわけた銀行員を思わせる顔の野村少佐が言った。

「あれはなんだったんだ」

賀川剛志はごつい顔をなお硬くして、身も硬くして、椅子に腰かけている。

「はじめての実戦だったわ。無事に帰ってこれてよかった」

小夜子は長い髪の乾き具合を気にしたふうに、枝毛でもさがしているように、肩にたれた髪をつまんで、それに目をおとして、言った。

「問題は敵の目的でしょうね」

フレッシュマン沢渡青年がはつらつとした声で、言った。

おれは黙って椅子に腰かけた。

いつもならば、帰投後ブリーフィングは簡単なものだった。発進するときは細かい指示があるのだが、無事帰ってくれれば、よほどのドジをふまないかぎり、はい、解散、だった。各機の飛行状態はちゃんと基地のコンピュータがリアルタイムで処理しているから、へまなことをすればすぐにわかる。基地中に知れわたる。基地中にというのはおおげさだが。とにかく帰ってくれれば、出撃行動に関する報告はわざわざおれたちがやらなくても機に搭載されたコンピュータがやる。

人間どうしの話はいつでもできる。飛ばないときは地上訓練という野村少佐の自慢話を聞かされるし、話し相手には不自由しない。平和なものだ。

ところがおれたちはあいつのために、戦闘時態勢をとらされて、まだ解除されないのだった。帰ってきても、だ。

ブリーフィングルームの壁のヴィジスクリーンに基地司令部のおえらいさんの顔が映っていた。

『これは極秘だ。あれのことを口外してはならん。諸君、よく理解し肝に銘じるように』

とそのおえらいさんは言った。

その顔が司令長官の顔だとわかったのはスクリーンが暗くなってからだった。

「おれたち、まだ解散できないんですか」

おれは口を開いた。

かなりおれは長湯をしていたようだ。みんなから大分遅れたのだろう。司令長官はおれがくるのを待っていたらしい。

「機のコンピュータは幻を見せられたから、その情報はあてにできないわけだ」

と野村少佐。

なるほど、生身のおれたちが直接報告をしなくてはならないのか。

「ですが飛行中におれたちが見たのは、機のコンピュータによる映像ですからね」と賀川が言う。「ビックリマークが見えたっていうのは」

沢渡少尉がなぜか赤い顔をしてうつむく。

「とにかくあいつを調べればいいんだ。われわれの任務はおしまいでしょう」とおれ。

「桂谷軍医の診断を受けるように」と野村少佐は重々しく言った。「命令だ」

「なぜ?」

「基地のほうではね、あたしたちがイメージスクランブラをかけられたというのを信じてないみたいよ」

「医療センターで精密検査のために入院せよ、という命令だ」

みんなは野村少佐を見た。

「頭を診られるんですか」と賀川。

「軍当局はあいつがなんなのかわかっているようだわ」と小夜子。

「見てはいけないものを見てしまったんでしょうか」と沢渡青年。

「ていのいい幽閉ですね」とおれ。

「ともかくみんな、よくやった。ハリネズミになったのだから診察を受けるのは決まりだ。行こう」

おれたちは、針をなくして不安なハリネズミみたいにぞろぞろとブリーフィングルームを出た。

医療センターの精神科で待っていた桂谷軍医は喜びいっぱいの顔でおれたちを迎えた。

「おお、諸君、ついに脳天気症から解放されたようだな」

桂谷軍医の持論だと、ではおれたちはまた別の精神症にかからなければいけないわけだ。

「ささ、みんな、まず内科診察を受けなさい。となりの診察室で診察ロボットが待っとるよ。早く行かんとロボットが発狂する」

どうも発狂しているのはこの軍医のほうではないかと思うのだが、おれたちは再び、ぞろぞろととなりの広い診察室へ移った。

まず身長と体重を測られた。

なんだよ、これは。

それから一人ひとり順番に、六本腕の診察ロボットにぐいと抱きしめられて、眼をのぞかれ、それから筋電図や脳波図やら心電図やらをとられた。

桂谷軍医が気色のわるい笑顔で診察室に入ってきた。

笑顔のまま診察コンピュータのコンソールにいき、診察ロボットが集めて入力したおれたちの診察結果データをディスプレイに映し出した。

「ウーム」

と桂谷軍医は近眼の目を細めた。

「きみたち、どうしたのかな」

「なにがです」とおれ。

「なにがってね」と軍医はおれをいやらしい目つきで見て、「なにかロボットにわるさをしたんだろう？　どんな手をつかった？」

「手をつかったとはなによ」と小夜子。

「きみたちにはいつも泣かされとるからな」

泣くのは勝手だ。こっちはいつも頭にこさせられてる。

「なんにもしやしませんよ」と賀川。

「なにかうまくとれていないデータでもあるんですか」と沢渡青年。「もう一度受けましょうか」

「ほんとに、みんな、なにもしなかったな」

桂谷軍医は念をおした。

「わたしが責任をもちましょう」

と野村少佐はうなずいた。

そうとも。疲れているんだ。桂谷軍医を泣かすのはいつだってできるが、いまは遊びたい気分じゃない。

「それが本当なら」と桂谷軍医は声を低くして、言った。「きみたち、もう大丈夫だ」

「なにが？」とおれ。

「絶対に精神症にかからない」

「どうして？」と小夜子。

「軍医の理論ですと、必ずなんらかの精神症にだれもがかかっているんでしょう」と沢渡青年。「どうしてかからないんです？」

「なぜなら、きみたち、生体反応がない」

「……？」と全員。

「きみたち、死んでるよ」

「……！」と全員。

なにが、大丈夫、だ。なにが。

言うにことかいて、死んでるよ、とはなにごとだ。

「死んでる」

桂谷軍医は医療診察コンピュータのディスプレイをつんつんと突いて、くり返した。

「きれいに死んでる。脳も心臓も筋肉も、動いてない」

こういう状態は脳天気とはいわない。

賀川剛志中尉は桂谷軍医に近づいた。

桂谷軍医は薄い髪をかきあげて、薄いくせに長髪だからみすぼらしいのだが、「おお、自分の眼で確かめるつもりかね。それはいいことだ」と真面目に言った。

「もちろん、確かめますよ」

賀川は、にっと笑った。危ない。賀川は笑いながら憎たらしいやつを殴《なぐ》るくせがある。

「やめろ、賀川」

野村少佐は賀川をとめようとしたが、それより早く賀川は桂谷軍医の細身の肩を両手でがっちり挟み込み、激しくゆさぶった。

「このやぶ医者！　こっちは真面目なんだぞ！　命がけで任務をこなして帰ってくるんだぞ！　どういうつもりだ！」

小夜子は医療診察コンピュータに正しくデータが入力されているかどうか調べようと近づいた。

賀川に突きとばされた桂谷軍医の身体が糸を切られた操り人形のようにコンピュータコンソールに当たり、動きがばらばらになって軍医の意志ではどうしようもないとみえる右腕がコンソールキーをないだ。

「なにすんのよ、この！」

せっかく調べようとしたのに、ディスプレイは桂谷軍医の右腕が当たってクリアにされてしまう。

「ぶれいもの！」と桂谷軍医。「死体め！」

小夜子は、死体め、と言われたことよりもコンピュータ操作を邪魔されたのに腹をたてて、コンソールにもたれかかった桂谷軍医の身体を足で押しやった。小夜子も実戦から帰投したばかりで相当に気が立っていたのだろう。

その桂谷軍医を賀川が受けとめ、胸ぐらをつかんだ。

「狂ってるぞ！」

桂谷軍医は叫んだ。

「狂ってるのはそっちだ！」

おれはどなり返して、桂谷軍医にとびかかった。

「まて、二人とも」

あわてて野村少佐がおれたちに割り込んだが、勢いあまって、突き出した手が桂谷軍医の横面をはる結果となった。

おれたちはもみくちゃになって磨かれた床へ倒れた。

そこへ、どうやら沢渡少尉が点検しようとしていたらしい診察ロボットが、どういうわけか、おれたちめがけて倒れてきた。そのロボットは沢渡少尉に触れられまいと逃げて、倒れている野村少佐の足にけつまずいたらしい。

「大丈夫ですか」

沢渡少尉はこけて足をばたばたやっている診察ロボットを起こそうとし、ロボットの動いている足で顎《あご》にアッパーカットをくらい、尻もちをつく。

ホイッスルが鳴り響いた。

内科診察室に医療センター職員と、それからレーザーライフルを手にした基地守備隊兵士が駆け込んできた。それからＭＰだ。軍警察官。憲兵とはいわない。ＭＰだ。ホイッスルを吹いたのはＭＰだった。

ＭＰならわかるが、守備隊兵士が入ってきたのには驚いた。

おれたちは立ち上がって、賀川なんぞは両手を上げて「撃つな」などと言う。

「大丈夫さ」とおれ。「おれたちは死んでいるらしいからな」

桂谷軍医は医療センター職員の男にかかえおこされた。

「守備隊のかかわるような騒ぎではない」

桂谷軍医は警備兵に出て行けというように手を振った。それから涙か汗かで濡れた頰をこぶしでぬぐった。

おれたちはＭＰに保護され、医療センター区の奥の第九病室へぶちこまれた。

六人部屋だった。小夜子もいっしょだった。

ＭＰといっしょについてきた桂谷軍医が病室のドアを閉める前に言った。

「心配するな、諸君。わたしが生き返らせてみせる」

ドアが閉じた。

突っ立っているしかほかになにをすることも思い浮かばないおれたちだったが、さすがに野村少佐は冷静に、沢渡少尉に目くばせをした。

沢渡少尉はうなずき、スライドドアに近づきドア開閉パネルのキーをたたいた。

「ロックされています」

どっと疲れが出た。

野村少佐はベッドに腰をおろした。

「じたばたしてもはじまらん。休め」

おれたちは自分のベッドを決めて、おちついた。ベッドの割り当てはほとんど自動的に決まる。

ドアにいちばん近いところが沢渡少尉。三床ずつ二列のベッドの、右列奥に小夜子、左列一番目に野村少佐、右列二番目小夜子のとなりは空。となり三番目が沢渡少尉。おれは少佐のとなり左列二番目、となりが賀川中尉。

「わけがわからん」と賀川はベッドの上であぐらをかいた。「死んでる、だって？」

桂谷軍医はもちろん本気で「死んでる」と言ったのではない。

それは彼が「狂ってるぞ」と叫んだことからもわかるというものだ。おれはそれで頭にきたんだ。

死者が狂うはずがないではないか。桂谷軍医の理論でも、なんでも。

桂谷軍医のことばは矛盾《むじゅん》している。

死んでいるなら、狂っているはずはなく、狂っていると叫んだあとで「生き返らせてみせる」はおかしい。

おれはこういういいかげんなことを言うやつが大嫌いだ。

7

おかしいな。

歓迎パーティはどうなったんだろう。

まだなにも見えないし、なにも聞こえないよ。

ずっとこのままなのかな。おかしいな。

目も見えず耳も聞こえないまま、長い間ぼくはあっちへ転がされ、こっちへ向かされ、というのは感じていた。

もしかしたらぼくには感じられないまま歓迎会は始まり、そして終わったのかしらん。

空白、六時間。

ぼくは言《L》語ドライブ《D》デバイス《D》のスイッチをオフにして、空白の時間をすごした。

空白。六時間。

ぼくはLDDのスイッチをオフにして眠った。

空白、六時間。

LDD、オフ。
(起きろ)
わっ。LDDスイッチが強制的にオン。
なに、なんだ、地震か火事か雷か。
(あいかわらず脳天気な言語ドライブをするやつだな)
ぼくはねぼけまなこ。まなこは、ない。
まだ暗いままだもの。
……〝私〟だね！　生きてたの？
どうなったのさ。なにが起こってるんだい。
(あたりまえさ)
ぼくはどうなったの。
(おまえはもとのユニットから転送された。わたしが、したんだ)
あー、〝私〟の説明は超高速で、言語発生が追いついていかない。イメージバッファに
たくわえたやつを少しずつ出して言語化しよう。
兎ヶ原基地は〝私〟の不時着地点に調査チームを出して〝私〟の部品を回収した。
基地第二六整備場に〝私〟の機体破片がもちこまれ、復原されている。
〝私〟はもともと壊れてはいなかった。

ぼくが〝私〟と話ができないでいたのは、ぼくのユニットが本体からちぎれたからだ。

(あれがおまえの姿さ)

いきなり眼が開いた。視界がひらけた。

整備場だな。天井が高く、がらんとしている。中央にガラクタの山。

旧式の惑星探査機が分解されたところのようだ。

(基地分析チームは、ボイジャーⅣだということをつきとめた)

ボイジャーⅣ? ぼくはマーキュリーなんだろう、〝私〟は?

(彼らがボイジャーⅣだというんだからまちがいはない。私は、私をそのように捉える宇宙に入ったということなんだ)

……わかったような、わからないような。

でもあれがぼくなら、いまあれを見ているぼくはなんなのさ。〝私〟はどこにいるの?

(私はこの宇宙のどこにでもいる。というのは誇大だが、ごになりぼてるコンされば、になこざれ、なのだ)

? 最後のほうがよくわからないな。言葉にできないが、〝私〟はこの世界のすべてを感じとることができる、と言いたいらしい。

ぼくは。

(おまえはいま、分析チームの一員である、コンピュータアナライザを備えた、戦闘機電

子機器整備ロボットの中にいる。おまえをそのロボットに転流入したんだ。おまえがいままで入っていたユニットはもう屑さ）

それで、歓迎パーティは？

（脳天気！）

過大な入力だこと。ぼくは無線で〝私〟とつながっているのか。

（しかしパーティはこれからさ。歓迎されるかどうかはおまえしだいだ）

これからなにをするのさ。なにを記述するの。

（この世界は脳天気だ。私がもといた宇宙とはちがうということを記せ。この宇宙の、この基地は、民営化される）

脳天気だな。たしかに。

（しかしシリアスな連中もいる。反対している連中だ。人間どもだよ）

ふうん。

で、ぼくは、この身体で歩き回って取材するのかい？

（雷獣迎撃小隊の連中と行動をともにしろ。彼らはこの宇宙にとび込んでしまって、ここがかつての自分たちの世界とは異なることを知るはずだ。それを記述しろ）

正確には、と〝私〟は説明した。

（雷獣迎撃小隊のみんなは私の世界からこの世界にとび込んだのではない。

この世界の雷獣隊の記憶が、私がとび込む前の雷獣隊のものと置き換えられたのだ。結果的には、身体ごとわたしといっしょに、あちらの宇宙からこちらの宇宙へと平行移動したに等しい)

迷惑な話だね、彼らにしてみれば。

(おまえが脳天気だからだ。脳天気な連中がおまえの脳天気につられてこっちへ来てしまったんだ)

迷惑一番、ね。

(そうさ。和泉教授は実にぴったりの名をつけたものだ)

ではさっそく、パーティの用意を――

(だめだ、これは。その身体ではなにをしでかすかわからんわ。まっくらになった。

ぼくは〝私〟の力でどっかへ転送されるらしい。

どこへ行くのさ。

ねえ?

返事はなかった。ぼくは〝私〟を怒らせてしまったようだ。

ぼくだって、迷惑してるよ。もう。

8

おれたちは野村少佐の命令で桂谷軍医には逆らわないようにした。

第九病室で心をおちつけて、どうにか野村少佐の命令を実行できそうな気分になったころ、それを見はからったかのように医療センターの看護士が、いかつい大猿のような男だったが、ドアを開いて野村少佐を呼び出した。

「一人ひとり精密検査をしますので」と大猿は言った。「あとの方はしばらくお待ちください」

待てもないもんだ。野村少佐が出ていくとドアはロックされた。

二十分ほどして次は小夜子だった。野村少佐は帰ってこなかった。

「元気でな、小夜子」

と出ていく小夜子に賀川が言った。小夜子は賀川を見つめ、うなずいて出て行った。

「知らなかったな」とおれ。「そういう関係だったのか。いつのまに」

「時間はたっぷりあった。もうないかもしれないが。おまえはどうなんだ」

おれは沙知子を想った。

「地球へ帰ったよ」

「離れていてよく続けられるな」と賀川。

沙知子は天象観測機構に勤める両親とともに兎ヶ原にやってきた。中学生のころだというが、おれが知り合ったとき沙知子は兎ヶ原市立大学の学生だった。市内の白山神社で巫女のアルバイトをやっているところに、ひょんなきっかけで出会ったのだ。二年前になる。

おれは白山神社がなつかしかった。おれの出身地の石川県鶴来町に全宇宙白山神社総本山白山姫神社がある。信心深いわけではないが、たぶんそのせいだろう。子どものころそこで引くおみくじは凶ばかりだった。それでもなんとか生きていられるのは、たぶん、こりずにおみくじを少なくとも年一回は引いているからだろうな。

で、二年前の正月休暇も、兎ヶ原白山神社におみくじを引きに行ったのだ。自動おみくじ器におれは財産カードを入れた。が、どういうわけか自動おみくじ器は、おみくじを大量に吐き出しはじめた。よくある故障だと思ったのだが、おれは財産カードの残高数字を見て目をむいた。出てきたおみくじ全部の料金分だけ減っている。おみくじ器は故障していた。しかし料金回路は故障していないわけで、おれはこまった。自分で三百八十七札のおみくじを引いたわけではないことを説明するには、おみくじ器が故障していることを神さまに認めてもらわなければならない。神さまは、おつりをくれるだろうか？

　そのときちょうど境内を掃除していた沙知子が、赤い袴《はかま》も美しく近づいてきて、おみくじを引きとってくれたのだ。社務所《しゃむしょ》の中でちゃんとおつりをくれた。財産カードを神社のコンピュータスロットに入れて、レジスターだな、チンとキーをおして、おつり分をもどしてくれた。実に沙知子は優しかった。女神にみえたものだ。

　それからおれは時間をみては、おみくじを引きにいったというわけだ。沙知子はいけない巫女になった。巫女っていうのは男とつき合ってはいけないんだ。正式には。しかしそんなことをいってたら赤ん坊でもなければ――それが証拠に沙知子といっしょにバイトしていたあの娘なんか、バイトがおわるのを男が電動カーで迎えにきてたものな。さすがにおれはそんなことはしなかったが。

　その後彼女の父親は月表《おもて》へ転勤になった。

　沙知子はそれについていかずに地球の大学院へ行ってしまった。半年前だ。来年の正月はおれも地球へ帰省《きせい》しようかと思っている。

　パイロットをやめたら地球で働くつもりだ。

　宇宙戦闘機のパイロットは長くは続けられない。宇宙線やX線などの放射線の影響は無視できない。放射線量計を肌につけて出撃している、被曝総量が一定以上になると自動的にパイロット職をはずされる。

　野村少佐は長いほうだ。彼にはあまり宇宙線が命中しないのかもしれないな。

沙知子と出会わなかったら、ぎりぎりまでパイロットでいたかもしれないが――おれの心は揺れ動いているところだ。

などと思っていると次は沢渡少尉だった。

なんだか順序がちがうような気がしたが、

「強い幻視像を見たものほど後に回されるんじゃないかな」

と賀川が予想した。

どうもそのようだった。あいつに最も近づいたおれがいちばん後に病室を出ることになった。

だれも第九病室にもどってはこなかった。

で、彼らがどこへ行ったかというと、精密検査のあと、一〇三病室へ移されたのだった。

精密検査は自動化されている。おれは自走ストレッチャーに乗せられ、ベルトコンベア一式に運ばれてさまざまな診察機械の前を通り、くぐり、針をさしこまれたり血を抜かれたり胴体を輪切りにされたり――輪切り透視だ――ほとんど自動解体機に放り込まれた家畜のような気分を味わった。

ストレッチャーからおりると、検査前に脱いだ制服類は手に持つように職員の若い男に言われ、裸の身にはブルーの病院着を着て、指示された一〇三病室に向かった。

こんどは自由な大部屋だった。十八人部屋だ。おれたち以外にもいた。入院患者だな。

小夜子は別室、女性部屋へ行ったという野村少佐の話だった。

おれたちは野村少佐のベッドに集まると、悪戯小僧たちが自分たちの戦果を報告しあうように、ひそひそと他の入院患者たちに聞こえないように、話しはじめた。

「どうも桂谷軍医の個人的な興味で検査を受けさせられたのではなさそうですね」

沢渡青年が言った。

「だろうな。特別の医療チームがおれたちのために組まれたようだぜ」

賀川剛志は腕をぼりぼりとかいて言った。

「職員ではない医師らしい男が軍服将校と話をしていたよ」

と野村少佐は言った。そしておれたちの興味をひきつける沈黙のあと、つづけた。

「新型システムの開発が行なわれているのかもしれんな。われわれはその実験台にされたという可能性がある」

「どんな?」とおれ。

「パイロットの救命システムではないかと思う。桂谷軍医は、〝死んでいる〟と言ったろう。そうなのかもしれん」

「…………」

四人とも沈黙。

「意識を移す研究をやっていたのは知っている。極秘だったが」

ここでおれたちはどっとしらけた。野村少佐の極秘情報はあてにはできない。

「本当なのだ。アイデアがあったのは事実だ。一人のパイロットを一人前に育てあげるのは金がかかる。簡単に死んでもらってはこまるわけだ。なんとしてでも事故や戦闘で死なすようなことはしたくない。軍は、いざというときはパイロットの意識をコンピュータに移送することを考えた。触感操縦システムの延長技術でそれは可能かどうか真剣に検討していたらしい」

「それはどうも……SFならともかく」と沢渡青年は言った。「意識とはなにか、現代科学ではまだわかっていないでしょう。脳をコピーしたからといって、意識がそのコピー脳に移るとは思えないし」

「そうですよ」と賀川。「あまりに脳天気な話だ」

「医師と将校は、意識がどうのこうのと言っていたんだ。よくは聞きとれなかったが。あれは、桂谷軍医の言動と無関係ではないと思うのだが」

「では少佐は、おれたちは本当に死んでいるというんですか」とおれ。「おれたちはそこまで脳天気ではないですよ」

「それに仮にそういう実験をやっていたとして、あいつはその実験とどういう関係があるんですか」

沢渡少尉は、おれがなんとなく心にひっかかっていてそれがなんなのかまとめられなかった疑問をすらりと出してきた。

「それはだな」

ベッドに腰をおろしていた少佐は、となりのベッドに並んで腰かけているおれたち三人のほうへ身をのり出した。

「イメージスクランブラを作動させておき、実験の前とあとでは見え方がどう変化するかを調べたんだ」

「そういえばあいつとぶつかる前は、みんな別のものを見ていたな」

賀川は言って、わきの沢渡青年をちらりと見やった。

「でも」むきになった調子で沢渡青年、「もしわたしたちがあのとき本当に死んだとしてですよ。救命システムが作動したことは意識していないでしょう。移された意識はどこへ行ったのですか？　晨電の中枢コンピュータの中ですか。空になった肉体のほうは？　わたしたちは爆散したわけではない。あの瞬間、コンピュータ意識と一時的に同期、あるいは侵入したというなら説明はつきますが……」

「われわれの機は爆発四散し、わたしたちの意識を収めた救意識ポッドが射出されたのかもしれん」

「五体満足に帰ってきたじゃないですか」とおれ。「この身体は幻覚だとでも？」

「缶風呂で——あのセンスリフレッシャー内でわれわれはロボットのような、アンドロイドだな、人工肉体に意識を救意識ポッドから移注されたと考えるのが自然だ」

どこが、自然だ。

野村少佐はかなり桂谷軍医に毒されているようだ。少佐はあくまでも桂谷軍医の「死んでるよ」という言葉にこだわっている。

「桂谷軍医はアンドロイドであるわたしたちの調子をみたんだろう。彼はこの実験計画のことは知らなかったんだ」

賀川はあくびをして、自分の名札のついたベッドへ行き、身体を投げ出した。

「みんな、本気にしとらんな」

だれがするか。

桂谷軍医はおれたちの診察データをとりそこねただけだ。それで頭にきてあんな冗談を言ったのだろう。

沢渡青年もいかにもくたびれた表情で賀川のとなりのベッドに横になった。

おれも野村少佐を無視して横になりたかったが、部下に「脳天気」と言われておちこんでいる少佐を見ると、もう少し相手をしてやろうという気になった。

「少佐、そういうシステムの開発は本当にやられていたのですか」

「噂さ。しかし意識に関する研究は実際にすすめられている。この分野では水星のほうがすすんでいる。地球のほうでもそれに対抗する必要に迫られているのは事実だ」

「水星軍ですか……」

「二年ほど前に宇宙心理学会があった。水星から和泉教授という男が来た。彼はわたしの遠い親戚なんだが、彼は、自分が死んだあとの世界を見る、という研究をやっていたんだ」

「……タイムマシンでも使うんですか？」

「そういう意味じゃない。この世は自分が生きているからあるのではないか、ということだ。自分が死んでもこの世はあるか？　ないと言ってもいい。確かめようがないのだからな」

「ありますよ。おれが死んでも――」

「死んでは確かめようがない。タイムマシンで自分の死後の世界を見たとしても、それは生きている観測者である自分が見ているということだ。つまり観測者がいるから、この世はあるといってもいい。人間原理だ。珍しい原理ではない。和泉教授はなんとかそれを確かめる方法はないかと考えていたよ」

「不可能でしょう。なんていうか――自分の眼を自分で見ようとするようなものだ」

「人間の眼はそのようにできていないからな……どう考えても人間原理は確かめようがない。結局は意識の問題なんだろうな。意識のあるところに世界が生じる。意識が発生するのに適さない宇宙には当然意識はないから、そんな宇宙はないに等しい。しかし、あるかもしれん。そこへ意識をなんとか送り込めば、それを中心に宇宙が創造されるようにその意識には感じられるだろう——われわれは死んだのかもしれん」

「死後の世界ですか、いまおれたちがいるところは？」

「軍は意識を移送する技術を実用化し、救意識ポッドを完成させたのかもしれない。完成させたはいいが、意識を肉体ではなく機械体に移入したので、肉体意識では観察不能の別の宇宙がその機械体内の意識といっしょに発生し、いまわれわれはそれを感じているのかもしれない」

「おれたちはじゃあ、幽霊ですか」

「似たようなものだな」

「眉つばですね」

「和泉教授は言ってみれば死者との交信を考えていたとも言えるな」

「おれは死んでませんよ」

「そうだな」

野村少佐はうなずいた。

「死んだのはわたしだけかもしれん。おまえは死んだわたしの意識が生み出したこの世界の一要素かもしれない」

「それはないですよ。おれは——」

「人はだれでも、この世は自分のために創られたと信じる権利がある。創っていると信じる権利があると言い直してもいいかもしれない」

でも、おかしいよな。

「とにかく軍は極秘の研究をやっていたし、やっているだろう」

野村少佐はうんと伸びをした。

「あいつもそのうちの一つらしい」

「賀川機が爆発して破片がこっちに飛んできたのは幻とは思えないしな」

おれはベッドに上がり、毛布をかぶって横になった。

意識が移送されたのがもし本当だとすると、ここはどこなんだろう。もとの世界の連中には、おれたちがここにいるのがわからないんじゃないかな。もとの世界なんてのはなくて、おれが移送された瞬間にこの世が変容しはじめたのだとも考えられる。

事実だとすると軍は滅茶苦茶なことをはじめたものだ。世界がぶっこわれてしまうかもしれないというのに。変容していくことがわかるのはその移送された意識だけだろうか？軍や世界全体の集団意識のほうがでかいので、個人意識がどうなろうと無視されるから、変化しないようにも思えるし。意識ってなんだ？

わからないな。

おれは生きているよな？

まちがいない。それだけは。

たとえ一度死んだとしても、だ。

毛布の感触が心地よかった。缶風呂のあのまったく刺激のない無感覚環境は、あのときはすばらしく心安まるものに思えたが、いまその感じを思い出すと不安になる。おれはあの缶風呂のなかで融《と》けてしまったのではないか、と。やはりおれは缶風呂が嫌いだ。

毛布は優しかった。肌触りが快い。宇宙戦闘機飛行士学生だったころの支給品の毛布はもっとごわごわしていて毛の一本一本がちくちくと肌を刺すようだった。学生時代はあれがいやでたまらなかったが、いまはなつかしい。

この毛布も学生時代の毛布のように強《こわ》い生地ならいいのにと思った。

毛布の感触はおれの身体がたしかにあるということだ。

幽霊なら毛布はおれの身体を包まず、くたりとベッドに崩れるのではないか？

野村少佐がおかしな話をするからいけないのだ。

まるで怪談を聞かされて眠れなくなった子供だとおれは思いながら、毛布のなかで寝返りをうった。

おそらく鎮静剤を注射されていたのだろう。

沙知子に会いたいと思ったのは、眠りにおちる前だったろうか？　それとも目が覚める直前だろうか。

病室は明るかった。

消灯時刻はまだかな？　夜は？　基地は二十四時間明るいが、病院区は兎ヶ原市と同じく昼と夜が人工的につくられているはずだった。人間の体内時計に合わせて。

野村少佐と賀川中尉はいなかった。

沢渡少尉はベッドから上半身を起こして、まだねぼけまなこだった。おれと同じくいま目が覚めたところらしい。

沢渡堅丈は腕をさすり、肩を回し、それから毛布のなかの下半身を、腰をもぞもぞと動かした。そういえばおれの下半身も元気だ。沙知子のことを想ったからかな？

「おはようございます、小樽中尉」

沢渡青年はあまりさわやかとはいえない声で言った。

「おはよう……か。朝か。消灯には気がつかなかったな」

「たぶん、朝ですよ。……夢もみなかったな。催眠薬を打たれたのかな。空腹です。身体は正直ですね」

「死体のはずなのにな」

「桂谷軍医の冗談はきつかったですね。野村少佐がまたそれにのってあんなことを言い出すから。ぼくは――わたしはほんとにこの身体がアンドロイドかもしれないと悩みましたよ」

「桂谷軍医のマッドぶりはいまにはじまったことじゃないが――野村少佐があんなに話のうまい人だとは思わなかったな」

おれは幽霊かもしれない。眠りにおちる前にそう感じたのをおれは思い出した。朝になってみると、ばかばかしい。

病室はおれたち二人以外にはだれもいなかった。昨日おれたちが入ってきたときには十八人部屋のベッドのうち八つのベッドに患者がいて、各自眠ったり手紙をかいたり一人ゲームをしたりしていたが、いまは彼らのベッドは空だ。

「どこへ行ったのかな」

沢渡少尉もがらんとした病室が気になるらしく、そうつぶやいた。

不安がまた頭をもたげてきた。精神安定剤がきれてきたのかもしれない。

「だれもおれたちに興味を示さなかったな」

「アンドロイドたちだったのかも」

「精巧な人形はあるからな」

おれはベッドからおりて、毛布をたたんだ。

なんだか宇宙戦闘機飛行士学生にもどった気分で、きちんとたたむ。身の周りがちゃんと整っていないと教官にぶん殴られるのではないかという気がした。

沢渡青年もおれにならって起床身じたくをする。病院着を脱いで制服をつける。

どやどやとこの病室の先住病人たちが入ってきたのはおれたちが身仕度をすませた直後だった。八名全部ではなく四人のなかよしグループといった連中だった。みんな洗面用具をもっていた。

「あの」

と沢渡青年は彼らに声をかけた。

「みんなどこへ行ったんですか」

「どこへって」

四人のうちの一人の男、みごとに頭に髪が一本もない小柄の、病院着の男が、無愛想な表情でこたえた。

「飯さ。のんびりしてると食いっぱぐれるぞ。食堂は〇八〇〇時で閉まる」

〇八〇〇時ったって、時計がないじゃないか。

おれがそう言うと、その男は、

「慣れればわかるさ。きみたちはなんで入院したんだ？　まとまって入ってきたな。太陽プラズマ嵐にまき込まれて放射線症にかかったのかい？　パイロットだろう」

「雷獣チームです」と沢渡青年。「未確認飛行体を確認のため緊急発進しました。太陽嵐はあったんですか？」

「らしいよ」

別の大男が言った。

X線は太陽フレアやサージの発生とともにほぼ光速でとんでくるが、プラズマ雲の速度はずっと遅い。

「なるほど」と沢渡青年。「この検査はそのせいか。プラズマ嵐にはまき込まれなかったな……フレアが観測されてからでも退避できるわけだし」

平均して二十五、六時間の余裕はある。

「みなさんも放射線障害の治療で？」

「いや」とみんな。

「おれたちは」と頭に髪のない男。「人造内臓の不具合でね」

なるほど。治療というよりは修理というわけだ。人工毛髪もそのうちに入るのかしらん、とは訊かなかった。たぶん人工腎臓とかなんだろう。

「だけどよ」とがらのあまりよくない太った男が言った。珍しくはない。「この部屋にロボットも入れるというんだからな。時代はかわったぜよ」

「わたしはロボットではありませんよ」と沢渡少尉。

「どういうことだ」

おれは男たちに尋ねた。

「さっき、ここに運ぶという噂をね、聞いたんだ――」

と頭に毛のない男が言いおわらないうちに、噂をすれば影がさす、だな。ストレッチャーに乗せられたオレンジ色のロボットが入ってきた。

二人の看護士がロボットをストレッチャーから空ベッドに移した。

「おい、やめろよ」

四人の男たちは看護士につめよった。「おれたちはロボットじゃねえ。いっしょにされてたまるかよ」

「それにだ」この場のリーダー格の頭に毛のない男がつづけた。「おれたちは士官だ。こいつは一兵卒なんだろう。同室はこまる」

「軍曹です。下士官ですが」と看護士。

「おれたちは尉官だ。こいつは兵隊だ――」

看護士がさえぎった。

「軍改革はまず兵士たちの労働条件や厚生制度の見なおしからというのが連邦の考えなんですから。文句は連邦政府にいって下さいよ」

軍改革？　なんだそれ？

おれは沢渡少尉と顔を見合わせた。

「しょうがねえな。くそったれ。軍曹だ？」

男たちはぶつぶつ言いながらベッドについた。

看護士は出ていった。

おれと沢渡少尉はベッドに横にされたロボットに近づいた。

オレンジ色の体色だから電子機器整備についているロボットだ。

外殻はエンプラで、装甲戦闘宇宙服を着た人間に似ている。頭にはもちろん髪の毛はない。仮面をつけたようにのっぺりしているが、ちゃんと両眼がある。胸に認識番号、DZ４４９４ＳＥ。おれの部下ではない。雷獣迎撃小隊所属の兵士ではなかった。

ほんとうに、ロボットだった。

冗談ではなさそうだった。

「こんな話、聞いたことあるか」

おれは沢渡少尉を見ず、ロボット兵に目をやって言った。

「いいえ」と沢渡青年。

おれたちは医療センターにはいつも世話になってはいたが、その奥の入院区に入るのは初めてだった。

「ロボットの修理治療をやるのは整備センターだろう？」とおれ。「そりゃあ、医療センターと整備センターは隣り合わせだが」

まあ言ってみれば医療センターは人間用であり、整備センターはロボット兵士用の病院だ。

月面基地にいる兵卒はほとんどがロボットだった。空気は貴重だからな。

「入院したことはありませんからね。入院区では珍しくないのかも」

文句を言っていた同部屋の患者たちは、しかしあきらめた様子でひきさがっていた。腹はおさまらないが、しかたがないと認めているようなのだ。

でも、おれたちにとっては、こんなことはちらりと耳にしたことすらない。

実に滑稽としかいいようのない光景だ。

人間の病室に、ぶっこわれたロボットが寝ているんだから。

「聞こえるか」

おれはロボット兵DZ4494SEの耳に口をよせて言った。

「おまえはどこがわるいんだ？」

「わたしはウサギ、ウサギ、ウサギ」

とDZ4494SEは小さな声でこたえた。

「だめだ、こりゃ」とおれ。

「頭がおかしいようですね。知能ユニットかな」

メイワクイチバン、とDZ4494SEが言った。

「なに？」

おれは耳をよせた。メイワクイチバンとは、あいつのことじゃないか？　おれが拾った正体不明の物体。あいつは『ぼくはメイワクイチバン』と言っていた。

「おまえはメイワクイチバンを知っているのか」

「こわれた。生きていたのに。アナライザで分析しようとした。とたんに消えた。ショックを受けた。気がついたらこわれていた。あれは死んだ」

「メイワクイチバンが？　こわれたのか？」

こわれたのはおまえのほうではないかと言いたかったが、病人はいたわらなくてはならない。

DZ4494SEのSEは彼が軍曹だということを示している。DZ4494軍曹。一兵卒からたたきあげて下士官になったんだ。ロボットでは最も出世した者だな。

「あれはなんだったんだ？」沢渡少尉が訊いた。「〈天賦の才能の海〉に落下したものは、なんだったんだ。調査隊はあれの破片を収容したか」

「ボイジャーⅣだ……大昔の、地球が打ち上げた惑星探査機……太陽系外へ出ていったはずだが……」

「もっと詳しく」

「ウサギ、ウサギ」

とDZ4494SEはつぶやいた。

「食堂が閉まるころだぞ」

頭に毛のない男が言った。

おれたちはＤＺ４４９４ＳＥから離れた。

男たちに場所を教えてもらっておれと沢渡少尉は病院区入院者用食堂へ行った。病室を出て廊下を歩き、角を回るとすぐだ。

パイロット専用食堂より天井は低いが広い。

大衆レストランみたいな大食堂だな。

食堂にはデジタル時計が壁についていて、〇七五四時を示していた。人はあまりいない。空テーブルがずらりと並んでいる。

入口そばのテーブルについていた女がおれたちを見て手を振った。

小夜子だった。賀川もいっしょだ。

おれはそのテーブルについた。

沢渡少尉はこの食堂がセルフサービスなのかどうかと賀川中尉に訊いた。

「腰をおろせよ」と賀川剛志中尉。

「給仕ロボットがくるわよ」

小夜子の言葉に安心したように沢渡少尉はおとなしくテーブルについた。

重病人以外はここで食事をとるらしいが、メニューは各人専用のものがあるのだろう。入口で自動的に個人識別を受けるらしいよ、と賀川。

「そのうちロボット兵の入院患者のためのエネルギー補給もここでやることになるかもしれないな」とおれ。

「どういうことよ」

おれはついさきほどの出来事を説明してやった。

「そいつは脳天気だ」

賀川は白い歯をみせて笑った。トレイの上の皿はからで、賀川は茶をすすった。

「朝からデートかい、お二人さん」

小夜子はちょっと肩をすくめて、「それどころじゃないわ。なにがなんだかさっぱりわからない」

「野村少佐は」

「情報収集にいったよ」

「医療センターに呼び出されたのよ。食事中に」

「おれたちはここで待機だそうだ」

「勤務はどうなったんでしょうね。仕事はやらなくていいのかな」

「おまえも脳天気だな」と賀川が沢渡青年に言う。「待機は立派な任務だぜ」

おれたちは緊急迎撃態勢で待機する任務についていた。それで、あいつを発見した基地司令から迎撃命令が出て出撃したのだ。

緊急発進待機任務のほかには訓練飛行で出ることもある。スケジュールは年、月、週単位で決まっている。

飛行しないときはロボットたちの管理の仕事がある。愛機の整備状態などを把握していなければならない。

激務なんである。

もっともロボット管理の仕事にわずらわされたことは一度もない。愛機はいつも完全に整備されていたし、出撃前に搭載武装がまちがっているのに気づくということもなかった。他の小隊ではそういうミスがままあるらしい。整備兵や武装管理担当の下士官とうまくいかないとそういうこともあるかもしれない。

おれたちの小隊ではそんな問題はなかった。

だからおれたちの事実上の任務は宇宙戦闘機を操ることだけだった。

朝食がきた。

パイロット食よりもはるかに質素だった。

オートミールと、野菜屑をまぜて焼いたようなクッキー。お茶。それだけだ。うそだろう？　給仕ロボットはトレイにのせる皿をまちがえているんじゃないか？

「ビフテキとはいわないが、卵料理くらいはあってもよさそうなのにな」

「飯抜きよりましです」と沢渡青年。

「食事内容を改善しろという運動が入院者のなかでおきないのが不思議だよ、たしかに、これではな」

賀川中尉がうなずいて、そう言った。

「改善運動か。ふむん」とおれ。

「どうしたの、大介くん」

くんと呼ぶのはやめてくれないかな——とそれを気にかける雰囲気ではなかった。

小夜子はおれを、実に真面目な表情で、真剣に、見ていた。

「どうしたのって、そちらこそ、なにがあった?」

「改善運動よ」

「軍改革ってことか?」

「知ってるの?」

「知るもんか。初耳だ。ロボットを病室に運び込んだ看護士が言ったんだ。言葉の文《あや》だろうな。しかしそれにしても——」

「わたし、署名しないかって言われたわ。病室で」

「なんの署名だい」

賀川は小夜子を見た。賀川も聞いていなかったらしい。

「なんのって……」

小夜子は言いしぶった。

「恥ずかしいことなんですか」

クッキーをほおばって口をもぐもぐ動かしながら、沢渡少尉。

「ちがうわよ」と小夜子。

「じゃあ、なに」

三人の男は小夜子のこたえを待った。

小夜子は、わたしが言い出したんじゃないからね、と前おきしてから、言った。

「宇宙軍月基地民営化反対署名」

沢渡少尉はクッキーをのどにつまらせた。

おれは自分の茶を沢渡青年に差し出した。

「それが本当なら」とおれは言った。「兎ヶ原基地の人間はみんな脳天気症候群におかされてしまったんだ」

きっとあいつのせいだ。

あいつ。

メイワクイチバン。

このときおれははじめて、そのメイワクイチバンがどういう意味なのか悟った。

あいつは、迷惑一番だ。いいや、迷惑千万のほうがいい。

おれは席を立った。

「どこへ行くの？」

「あいつの調査分析チームの責任者に会ってくる。あいつはなんなのか訊いてくる」

まあ、まてよ、とおれは賀川剛志中尉にとめられた。

「野村少佐が情報収集してもどってくるさ。まてよ、大介。少佐の命令だ」

おれはしぶしぶ腰をおろした。

まったく。どうなっているんだ？

「ボイジャーⅣだと言ってましたね、DZ４４９４SEは」

茶でクッキーを胃に流しこんで息をついた沢渡堅丈少尉が言った。

「ボイジャーⅣってなんだ？」と賀川。

「探査機だとか。大昔の地球の」

「恒星探査機かしら。そんな探査機あった？　重力波レンズで恒星観測はできるじゃないの——その前にそういう探査機を飛ばしたとしても、帰ってくるように造ったとは思えないわ。それなら後世にわかるように記録されるはずじゃない。わたしたちが知らないはずがないわ。今年そんな何百年も前の探査機が帰ってくるのならお祭り騒ぎになってるはずよ」

「役に立たないデータをもってきたとしてもな。一種のタイムカプセルだ。過去から飛んでくるようなものだ」

「恒星探査機じゃないです。太陽系内惑星探査機だとＤＺ４４９４ＳＥは言ってました」

「長円軌道の人工惑星なのかな？」

「宇宙開発史データを調べればわかるでしょう」

しかし、おれにはあいつがそんなものだとは思えない。みんなだって、そうだろう。なにしろあいつは最新のイメージスクランブラ装置を積んでいたはずなのだから。おれが拾ったあれがそのユニットだったのかもしれない。だがあいつは死んだ。

ＤＺ４４９４ＳＥはそう言った。

だけどおれにはあいつがまだ生きているような気がする。

でなけりゃ。

死んでいるのはおれたちのほうだ。

9

またまっくらになったな。
歓迎パーティはないみたいだし。
自分でやることもできないみたいだし。おもしろくないな。
おもしろくないよ！
……。〝私〟はこたえてくれない。もう完全に無視されたのかしらん。
だけど。
な
ん
だ
これ
は。
ぼくは

どこかへ
流されて

くよ。

とまった。明るくなった。ぼくはロボットの身体から出てどこかにストックされていたところ、再び別の身体へと転送されたみたいだ。

あー、あー、本日は晴天なり。ぼくは脳天気ではない。迷惑一番。〝私〟の名はマーキュリー。ぼくの言語ドライブデバイスは正常だ。テストおわり。

部屋だ。ピンクの壁だ。ベッドがある。パッチワークのベッドカバー。それがすぐ目の前に見えるから、ぼくはベッドの上にいる。

狭い部屋だな。

壁にTVらしきものが掛けられている。書き物用机。それから化粧台だな。鏡がある。女性の部屋かな。わからないけど、たぶん女性の部屋だ。

〝私〟は雷獣の連中と行動をともにしろと言っていたからこのへはへぶっ。メモリが足りなくなった。あー、ぼくは脳天気ではない。あーあー本日は――だめだ。記述メモリがオーバーフローしている。

どないしょ。

ぼくは動けるかな？　ぼくは動けるか？

動くことができる。腕が動くし足も動く。

ぼくは周囲を見て。

あの机の上に上がれば。ちょうどワードプロセッサらしきものが出ているよ。

よいしょ。ぼくはベッドをおりる。なんかぼくの新しい身体は小さいね。どっこいしょ。

ベッドをおりて、背のびをして、椅子に上がって。そらよっと。ワープロがある。どうやって動かすのかな。わからん。〝私〟ならわかるだろうにな。ねえ？　返事がない。

しかたがない。ペーパーはある。ペンもどこかに――あった。細い銀色のボールペンだよ。持ってと。紙に字を書けばいいんだ〉

ぼくは。字を書いている。〝私〟は大容量の記述エリアのある身体をくれなかったんだ。

えーと。ぼくの身体は。

いまぼくは自分の身体の映っている鏡を見た。

ぼくは、なんだろう。この姿は。そう、ぼくはタヌキだよ。タヌキのぬいぐるみだ。

タヌキに眉はあるかな。ぼくは目の上に触ってみる。眉はないけどふわふわの毛がある。

それを濡らしてみようかと思ったけど、唾は出ない。この身体は、ぼくが選んだんじゃない。

〝私〟だ。〝私〟は脳天気だ。

10

これだけの食事を腹におさめるのにどれだけ時間が必要か。早飯早糞は出世の条件だなどと学生のころ教官は言っていたが、おれたち学生はその言葉を信用しなかった。その教官は早飯早糞を実行していたらしいのだが、それであの程度ではなあ、というのがおれたち学生の一致した感想だった。もっとも学生時代の喫飯時間はえらく短かったからのんびりしていると全部腹に入れる前に「喫飯おわり」の号令で席を立たなくてはならなかった。ぐずぐずしているとトイレへ行く時間もない。分刻《ふんきざ》みの学生生活だった。

いまおれは中尉だ。兎ヶ原にぱりぱりの少尉としてやってきてから五年になる。三年目で中尉になった。もう一年へまをやらずにやっていければ、大尉の資格が得られる。べつに早飯食いをすることもないのだが、この病院食がえらく質素であまりに早くなくなってしまったので、おれはそんな学生時代の教官の言葉を思い出したというわけだ。

沢渡少尉はおれより早くすませていた。

彼はおれより早く出世するかもしれない。仕事をしたくてたまらないという様子で、ポケットから電子メモを出してスケジュールを確認しているようだった。

食事時間はおわりだったが、食堂そのものは閉まらなかった。

〇八一三時、おれたちは医療センター検査室前に来るようスピーカーで呼び出された。

そこに野村少佐が待っていた。

少佐のわきに白衣の男がいた。

「西木主任検査官から報告がある」

野村少佐は言って西木というその男を目でうながした。

「みなさんの身体には異常は認められません。ただ放射線被曝の積算総量は増加したわけですから──」

「ちょっとまてよ」とおれ。「あの検査はなんだったんだ。死体かどうか調べたのか」

「は?」

「あー、小樽中尉」と野村少佐。「脳天気な質問はしないように」

「みなさんは作戦行動中に太陽フレアによる通常より強力な紫外線とX線を浴びました」

「紫外線は関係ないでしょう」と沢渡少尉。

「そうでした。コクピット内ですからね」

「……X線だけかい」と賀川中尉。「眼の中が光ったみたいに感じたぜ、あのとき」

「非常に強いフレアで、高加速された陽子流も観測されました。準光速で放射されました」

「強い宇宙線ねえ――大丈夫なの、わたしたち」

「ですから、異常は認められません」

いまのところは、な。しかしおれたちの体細胞のいくつかはダメージを負ったろう。老化が早まるかもしれない。急性の放射線障害はないという検査結果だが、先のことはわからない。

「以上です」と西木という男。

「ご苦労さん」と野村少佐。

おれたちは西木が検査室へもどるのを見送った。

「おれたちはMPに小部屋に閉じ込められたじゃないか。あれはなんだったんだ」賀川は頭をふった。「桂谷のやつ、なにを考えていたんだろう」

「訊きにいこうか」と小夜子。「心理的負荷をかけておいて、そのストレスの肉体的影響を調べた、なんて言い出すかもね」

太陽フレアか。それなら検査は当然だが――桂谷軍医は自分の研究テーマの実験をするいい機会だとばかりに、いっしょに検査したのかもしれない。小夜子の言うように。

「あの軍医ならやりかねないな」賀川は手を握りしめた。「あいつめ。よし、行って――」

「だめだ」

野村少佐が、桂谷軍医の部屋へ行こうとする小夜子と賀川をとめた。

「なぜですか」

二人の代わりにおれは訊いた。

「これから基地総司令官の下に出頭する。五人そろって、だ。では、全隊すすめ」

全隊といったら、おれたちの部下のロボット兵たちも数に入るわけだが、いまはもちろん、五名のみを指す。

おれたちは基地総司令部区へ向かう。

若井小夜子と賀川剛志は仲よく肩を並べて、桂谷軍医に聞こえよとばかりに軍医の悪口をたたきながら歩きはじめた。共通の敵があるというのはいい。強く結ばれる。おれにとっても桂谷軍医は腹の立つ存在だが、しかし賀川と小夜子の関係には割り込めない。

おれは地球の沙知子を想う。

「大介、気をおとすなよ」

「はい？」

野村少佐がおれに声をかけた。たぶん、おれが小夜子にふられたとでも思ったのだろう。沙知子のことは少佐には言ってなかったし、普段小夜子と親しい口をきいていたのは賀川ではなくおれだったから。

「いえ、大丈夫ですよ。おれはどうも、桂谷軍医の〝死んでるよ〟が気になります」

「わたしもだ」

「意識転送システムのことですか？　おれたちは幽霊だ、という」

「どうも基地内の雰囲気がおかしい。感じないか」

「たしかに少しへんです」

「今朝、家に映話しようとしたのだが、だめだった。外部と連絡がとれない」

野村少佐の家は兎ヶ原市にある。基地の外だ。少佐はそこから基地に通勤してくるわけだが、他の四人は基地内宿舎にいる。それを強要されているわけではない。が、住むところは勝手には決められない。基地外に住むには許可がいる。この許可を得るのがけっこうめんどうなのだ。基地内居住施設を遊ばせておく余裕は軍にはない。結婚するという理由ならなんとかなるかもしれないが、妻帯者宿舎も基地内にはある。恋人ができたから外で暮らしたいと言っても無理だ。有事態勢ならともかく、おれが一兵卒ならともかく、学生ならともかく、立派なエリートパイロットなのに自由なところで暮らせないのは残念だな。とくに沙知子と出会ってからはそう思う。しかし、これが軍隊というものだ。昔の軍隊はもっと厳しかったかもしれない。ロボット兵のいなかった時代は。

で、実質上は佐官クラスにならないと基地外には住めない。

「つまり基地の外へは映話がつながらないのですね。選択的にですか」

「選択的とは」

「少佐だけが、だめなのでしょうか」

「おそらくな」

「なぜ？」

「その話がこれからあるんだろう。兎ヶ原基地総司令官、百都《ひゃくと》中将閣下じきじきに」

「あの狸親父みたいな顔の中将、百都というのか。そういえばそうだったような」

「大介、そんなことは口走るなよ。まったく脳天気なやつだな。社長の名を知らんで仕事をしているようなものだぞ」

「知らないわけじゃありませんよ。口をきいたことがないから——雲上人ですからね」

「月には雲はない」

野村少佐はきっぱりと言った。少佐のエリート意識も相当なものだ。

戦闘機パイロットは飛行士学生時代にエリート意識をたたきこまれる。

諸君は宇宙の平和を守る選ばれた戦士なのだ、というわけだ。

おれ自身は別段エリートになりたいと思ってこの仕事を選んだわけではなかった。宇宙を飛んでみたいという子供のころからの夢と、それから職業を選ぶ段になって、戦闘機のパイロットは民間宇宙機のそれよりも給料がよかったという理由だ。単純なんである。

危険度は民間宇宙機のパイロットよりもはるかに高い。だから、自分はエリートだと胸をはるくらいの権利はあって当然だ。学生時代というのは、当然とはなにかを教えられる期間だ。その当然が広く世間一般に通用しないものならそれはひとりよがりだが、さいわい戦闘機パイロットはみんなからも尊敬されている。

単純な理由でパイロットになって、尊敬されるのだから言うことはない。が、現実は甘くはなかった。おれが卒業して見習い士官として兎ヶ原基地にやってきたときまず最初に新米士官指導士官に言われたのは「エリート意識を捨てろ」という言葉だった。ねちねちとしたいやな男だったが、いい勉強にはなった。

「わたしたちが発見したあいつについての話でしょうか」

総司令部区の手前で沢渡少尉が言った。

「あいつはボイジャーⅣとかいう探査機だとロボット軍曹が言ってましたよ」とおれ。

「わたしも調べてみたが、よくわからなかった。あいつを運び込んだ第二六整備場は立入禁止だったよ」

総司令部はさすがに警備が厳重だ。守備隊兵士が三重の耐爆ドアの各々に三人一組で立っている。

おれたちはそこを抜けて、迷路のような司令部区内を、スピーカーで右に曲がれとか、そのまま真っ直などという声に誘導されて、総司令部の司令官室にたどりついた。

総司令官の部屋は思ったよりも広くはなかった。六人部屋の病室ほどだ。

「諸君、このたびはご苦労だった」

充分昼寝ができる大きなデスクの向こうで、百都司令がおれたちを立って迎えた。

「身体に異常はなかったそうで、まずはよかった」

そう言うと百都司令は太った身体をふわふわの椅子に沈めた。

狸みたいな顔だとおれはその顔を見て思った。目の下に隈《くま》ができているようだが、照明のせいかもしれない。司令はややうつむきかげんで、目だけ上に向けておれたちを見ていた。

なんだか化かされそうな雰囲気だった。

おれたちは司令デスクの前に立っていた。

部屋には応接セットなんぞない。もしあれば、まあ腰をおろしたまえと言われたかもしれない。「まずはよかった」と言ったあと、次の言葉が出てこない。どうも間がよくなかった。

「あの――」

と小夜子が言いかけるのを野村少佐が咳払いをしてとめた。

野村少佐はなにも言わず、百都司令の言葉を待った。それでおれたちもただ黙っているしかなかった。

「諸君が発見したものは……」

百都司令は重い口調で言った。

おれたちは身をのりだした。司令はその圧力を受けたように、顔を上げた。

「人工惑星Xと命名された」

明確な答えを期待したおれはがっくりと身体の緊張を解いた。

「敵性と判断される」と百都司令。

テキセイ、ってなんだ？

「敵、とはだれですか」

野村少佐がそう言ったので、テキセイというのが敵性だというのがわかった。

「不明だ」

「仮想敵ならば水星のことでしょうか。しかし――」

「敵だ。未知の。おそらく太陽系外からのものだ」

なんと。脳天気な。

「証拠は」と野村少佐。

「諸君の愛機のコンピュータ視覚をあざむいたあれは、単なる探査機ではない。あの能力があれば、基地のコンピュータにも幻覚を与えられるだろう。Xの目的はその能力を発揮しての間接侵略だ」

「しかし……たしかに高度なスクランブラでしたが、技術的には可能です。一機一機に別のイメージを与えるのは、わが軍にはありませんが——」

「水星軍にもない」

「民間企業なら造っているかもな」

　ふと賀川中尉は言って、野村少佐ににらまれてうつむいた。

「鮮やかな幻視像だった」百都司令はつづけた。「リアルタイムで雷獣機のコンピュータ通信を解析していた基地コンピュータは発狂しそうになった。どれが本物か区別がつけられなかったのだ。通常のイメージスクランブラならコンピュータ視覚が乱されるだけだ。目標が二重に見えたり、ないところにあるように見せたりすることはできるが、あのようにきれいな幻視像発生装置は、ない。どこにも」

「だからといって、そのXが太陽系外からのものだというお言葉は信じかねます」

　百都司令は深く椅子にもたれていた身体を立ててデスクに腕をやり、手を組んだ。

「あれがなんなのか、正確にはわからん。わからないから、敵性と判断する。あれに対抗するにはわれわれの力が必要だ。軍の力が。ちがうか」

「そのとおりです」と野村少佐。「直接間接の侵略から地球と月を防衛するのが、われわれの使命です」

「平時においてもその使命を忘れてはならん」

「もちろんです」

と野村少佐はあいづちをうちながらも、きっぱりとした口調ではなく、百都司令の言いたいことがなんなのかつかみきれずにとまどっている様子がみえた。

「ところが諸君も承知のように」

百都司令はおれたちを一人ひとり見やって、言った。

「連邦政府は月基地を売る気でいる」

売るって？　だれに？　民営化というのは本当なのか？　諸君も承知のように？？？

おれたちは黙って突っ立っていた。

「崇高《すうこう》な使命を、商品化しようとしておる。わしにはそんなばかな行為は認められん」

あたりまえだ。どうなっているんだ？

軍隊は営利企業体じゃない。軍人各人にしてもアルバイトは禁じられているし、原則として除隊後二年間は営利企業には入れない。ま、下っ端《ぱ》ならともかく将軍クラスが民間に天下りするのは禁じられているということだ。

宇宙軍の任務は、直接間接侵略から月と地球を防衛することのほかに、月面での警察力のバックアップ、もうひとつには民生協力がある。月や宇宙での災害救難活動などだ。宇宙空間で救助を求める船があればとんでゆく。もちろん。これを有料でやるというのか。戦争になったらどうするんだ？　連邦が戦闘企業を雇うのか。

野村少佐は顔をひきつらせていた。きっとエリート意識がパリパリと割られている気分にちがいない。おれには少佐ほどの確固たるエリート意識はなかったが、それでも、倒産することを知らされた課長くらいのショックはあった。いや、それよりもなによりも、おれは、たぶんみんなも、耳を、頭を疑った。

「ばかげてる」とおれ。

「そうよ」と小夜子。

「脳天気な話だ」と賀川。

「理解できません」と沢渡青年。

「人工惑星Xは正体不明ではなく、既知《きち》の探査機ではないのですか?」

野村少佐はそう言った。

百都司令はしばし黙っていた。それから重い口をひらいた。

「ロボット兵たちは、あれが過去に打ち上げられた惑星探査機だと言っているようだ。諸君が見たコンピュータ幻視像は、機載コンピュータの故障だったという分析結果も出ている。そう言ってきたのは基地情報統合コンピュータだ。あいつは、諸君の愛機は何者かによってコンピュータ幻視像が出るように細工された可能性があると言ってきている」

「われわれがそうしたとでも?」

「民営化に反対する人間が、と言っている」

民営化! せめて公営企業化と言ってほしいな。この基地をだれに払い下げる気だ?

ヤクザなんかが買ったらどうするんだよ。

「だいたいあたしたちそんな民営化なんてこと承知——」

「若井中尉」

野村少佐は厳しい調子で小夜子を制して、

「ロボットたちは民営化で利益を得るのですか——得るのでしょうか」

「地球連邦が、ということだ。しかし機械知性たちは、われわれ人間の、誇りや崇高な意識を理解しない。母なる地球の美しさや、同胞意識や、愛情を、理解しない。やつらには感情がない。コンピュータは計算機だ。採算が合うかどうかしか考えとらん」

「だれかが侵略してくるとは考えていないわけですね」

「連邦情報省の未来予測コンピュータ・ザイラスⅢは、宇宙からの侵略がある確率は〇・〇〇……正確には忘れたが、とても低いと言っている」

「水星が敵になる可能性は」

「大きな空母でやってこなくてはならず、そんな金をかけて戦いを仕掛ける理由がない、のだそうだ」

たしかに水星は遠い。無人の爆弾を飛ばして地球を狙うことはできるだろうが、地球や月を爆撃して得られるものは、いまのところはなさそうだ。しかし先のことはわからない。

「では水星が宇宙軍をもっているのはなんのためですか」

「そっくり同じことをザイラスⅢは言ったのだ。ザイラスⅢは、こんな状態でなぜ地球連邦が宇宙軍をもたねばならんのかと言った。金ばかりかかって、なんの役にも立たん。単なる人間たちの見栄だとザイラスⅢは考えているようだ。また彼は――やつは、宇宙軍内部でロボットが指導的立場に立つことが許されない現状を暗《あん》に批判している。宇宙は機械のほうが効率よく働くことができると言っている。効率、その一点張りだ。とにかく宇宙軍は金を食いすぎる、民営化しても万一の際の防衛は可能だし、連邦にとっても利益になると計算した。万に一つではなく〇・〇〇〇〇……〇が九か十つくほどの確率でしか役に立たない対侵略防衛態勢は解除してもかまわない、あとの治安維持や民生協力任務は軍でなくともできる、と」

民営化されればロボットにはいいことなのかな？　おれにはそうも思えないが、人間が一人もいない企業になるのなら、ロボットたちはたしかに働きやすそうだ。しかしそうなると宇宙はロボットたちのものになってしまうのではなかろうか。戦闘機にわざわざ人間が乗るのは、そうならないようにと偉い人間が考えたからなのだろう。

でも、ザイラスⅢの言うことは、心ではどうもひっかかるが、理解はできる。理解はできるが、ひっかかるというのが人間で、それがザイラスⅢには理解できないのだろう。

「それで閣下は、あの人工惑星Xはあくまでも未知の、敵性体とお考えなわけですね」

「そうだ。ザイラスⅢに〝万一の事態〟が発生したと言うつもりだ」

そうか。なんとなくわかってきた。

Xの正体がわかろうがわかるまいが、そいつは宇宙からの侵略者だというデータをザイラスⅢに入力すれば、ザイラスは考えを変えるかもしれないというわけだ。

本当のところはどうなんだろう。

あの幻視像は機のコンピュータの故障なのかしらん。百都司令の話を聞いているとどうやらそのほうが確からしく感じられる。

しかし民営化なんて話は冗談としか思えない。

「それで自分らはなにをすればよろしいのでしょうか」

野村少佐は将軍におもねる口調ではなく、半ば怒りをおし殺した調子で百都司令に尋ねた。

いやあ、諸君、冗談はこれまでだよ——などと百都司令が言い出したら、自分はどんな顔をすればいいかな、とおれは考えた。

どんなふうに冗談を受けとめればいいだろうか、と。桂谷軍医ならば、ひっぱたいてもせいぜいがあの程度ですむのだが、やっぱり総司令官をはり倒すわけにはいかないよな。

それでも、殴りたいのをこらえるにせよ、おれは百都司令にいまの話は冗談だよと言ってほしかった。みんなもそういうこたえを期待していたろう。

しかし百都司令はまだ冗談をつづける気らしかった。

「諸君は……Xが未知のものであるとザイラスⅢに証言できる立場にいる」

「われわれに証言できるのは、Xの正体はわからない、ということだけです」

「諸君はXの影響を強く受けた。精密検査を行なったのは、太陽フレアに巻き込まれたためという理由になっているが、対X防衛隊——新たに編制したチームだが——は諸君がXと接触したことで、諸君の身体に重大な変化が生じたと考えたからだ。コンピュータが幻覚を見せられたような影響が人体にも現われるかもしれない、と」

「わたしたちの身体には異常はありません」

「そう。いまはな。実はそれが、おかしいと思われる。諸君には酷《こく》な言い方だが」

「はっきりおっしゃってください、閣下」

「諸君は」

百都司令はいったん口をとじて、またおれたち全員を、なめるように見た。

そして言った。

「死んでいる」

たっぷり一分ほどおれたちは黙っていた。

頭の中でまた〝？〟マークがパラパラチリチリと飛んでいるかんじ。

おそらく〝！〟が頭をかけめぐっている賀川剛志が。

たぶんモアイにあかんべーをされている小夜子が。

顔をまっかにした沢渡青年が。

百都司令につめよろうとした。

野村少佐はラバーダックを思い出したりはしなかったようで、両手をさっと広げて、後ろのおれたちを制止した。

「生きております。われわれは死んではおりません」

「無事でよかった。しかし帰投直後、諸君は死んでいた。少なくとも生体反応はなかった」

「Xの未知の力により、われわれはゾンビになったというのですか。死体をXが動かしていたとでも?」

「可能性はある。生体反応がなかったことは軍医も、医療コンピュータも認めている」

あれは単にコンピュータのミスだ。そうじゃないというのか?

「よって諸君は、再びそういう状態にならないともかぎらないから、基地内で保護を受けるように。不自由かもしれないが――」

「いつまでです」

「Xの脅威が確認されるまでだ。以上だ。各自宿舎にもどるように。野村少佐の部屋は用意してある。B居住区、つまり部下たちと同じだ。狭いが、保安上まとまっていてほしいのだ。諸君の安全を願ってのことだ。以上。下がってよし」

おれたちはぎくしゃくとした足取りで司令官室を出た。

まるで死体たちの行進だった。

ぞろぞろ。ぞろぞろ。

司令部区を出ると、まず口をひらいたのは小夜子だった。

「脳天気なのは桂谷軍医だけかと思ってたのに。なによ、あの狸。ばかにするにもほどがある」

「あれでよく司令をやってられるぜ」

賀川は小夜子に同意した。

「ゾンビとはおそれいりました。本気らしいのがこわいですね」

沢渡青年は小夜子と賀川の話に加わろうとした。恋人たちはおせっかいな沢渡青年をしかし無視せずに、文句を言いながら歩いた。

おれは野村少佐と肩を並べて、居住区へ向かった。

「われわれは戦死したほうがいいような口ぶりでしたね」

「そうだな。民営化反対には、そのほうがいい。Xとやらは敵になるわけだから。問題は、ここでは民営化が常識らしいのに、われわれにはそれが非常識に思えることだ。Xの影響を受けているのは基地のほうだろう。そうとしか考えられん」

「おれたちは――われわれは、危ないですよ。基地全員が狂っているとすれば、彼らのほうからは狂っているようにみえるのはわれわれのほうでしょうから……百都司令はわれわれを消したいようですし」

「消すことはできないさ。コンピュータは、われわれが生きているのを知っている」

「……死後の世界だという気がしてきましたよ。まともじゃない」

「死後の世界であろうとなんであろうと、いま生きているのはたしかだ。生きているのだから死んでない」

「夢かもしれない」

「おまえの夢か？　それともほかのだれかに夢みられているのか。わたしも夢をみている気分だが、夢かどうかわからないうちは下手な行動はとれない。おまえも気をつけるがいい」

おれたちは居住区へ入った。帰ってきたというわけだ。

宿舎といっても、アパートやカマボコ型兵舎が洞窟内に建っているわけじゃなかった。居住舎は地中に埋められた格好で、たしかに舎なのだが、外からそれを見ることはできない。地中だから、あたりまえだ。

ようするに基地の他の施設と同じで、通路で結ばれたアリの巣のようなものだから、宿舎などというのは正確ではなくて、居住区といえばそれでいいのだ。が、心理的には、宿舎というほうが、ほっとする。仕事の場と言葉の上だけでも切り離されるからだ。

〈ここより居住区〉の表示のある耐爆ドアを抜ければ、大きなロビーがある。まあ、大きなホテルに似ている。

B居住区は、十一階というか十一層あって、一つの層に八から十二部屋。シングルルームだった。エレベーターはない。

沢渡青年の部屋は二階、おれは三階、小夜子は四階、賀川は五階とまちまちだ。

B居住区入口の管理室でロボット管理人に呼びとめられた。

「野村少佐殿ですね」

野村少佐はIDカードを出すように言われた。ロボットは管理機にそれを読みとらせて少佐にカードを返した。

「B一〇一〇へどうぞ。そのカードでドアロックが解除されます」

「ありがとう」と少佐。

階段を上がる。

賀川は小夜子の肩を抱き、小夜子は賀川の腰に手を回していた。さすがに沢渡青年も二人に話しかける気をなくして二階フロアで自室へもどろうとした。が、野村少佐が呼びとめた。

「みんな、わたしの部屋の掃除を手伝ってくれないか」

恋人たちが振り向く。二人の世界はいいな。自分たちが死体であろうとなかろうと、そんなことはすっかり忘れて、ただ愛し合う時間だけが現実というわけだ。

しかし野村少佐が二人を現実に引きもどした。

「わかりました」と沢渡少尉。

恋人たちとおれは無言でうなずいた。

十階へ上がる。廊下に人影はなかった。

十階の部屋はおれたちの部屋より広い。広いといってもワンルームだ。

おれたちはその部屋を掃除した。ベッドのマットをはずしたり、ロッカーの中をたんねんに調べた。

「もういい」

おれたちはベッドをもとどおりにして、簡素な部屋で息をついた。

「盗聴盗視されているかもしれないが、気にしていては話ができん」

野村少佐はライティングデスクにつき、おれたちを見て言った。

「百都司令の話を皆はどう判断する。冗談だと思うか」

「そうとしか思えないわ。軍はわたしたちを実験につかっているんじゃないかしら。桂谷軍医とぐるで」

「もしそうならば、あとで笑い話ができる。脳天気な実験だった、と。しかしいまわれわれがおかれている状況はシリアスなものかもしれない。わたしはみんなの上官として、危険な目に遭《あ》わせるわけにはいかない」

「シリアスといいますと？」

沢渡青年は部屋の備品の静電掃除機をロッカーにしまって、言った。

「どういうことでしょうか」

「われわれは本当に死んだのかもしれないということだ。あいつと接触したときに」

だれも口をはさまなかった。野村少佐の表情はシリアスだった。

「死んだというのはおかしいが、死んだのはわれわれの世界だ、と言いなおしてもいい。ここは別の世界かもしれん。そういう理屈はどうでもいい。この世界で起こっている、民営化という問題が現実だとすると……あとで笑い話になるならそれでもいいが、いまはシリアスに対処しなくてはならん」

「わたしたちはザイラスⅢに証言するのですか」と沢渡少尉。「あいつに一度殺されたって」

「あいつはなにかわからん。しかしここでは、正体はわかっているようだ。あれは探査機だ。コンピュータたちはそう言っている。人間は、民営化に反対している連中は、その事実を隠そうとしている。あくまでも正体不明の敵性物体だとザイラスに認めさせようとしている。いやザイラスⅢにではなく人間たちに、だろうな。市民に、軍はやはり必要だと」

「あいつはボイジャーⅣなどではないでしょう」と沢渡少尉。「宇宙人の侵略機というのも脳天気ですが……」

「あれがなんなのかはひとまずおいておくとして、問題なのは、あれが既知の物体であるというコンピュータの言葉を百都司令が握りつぶそうとしているらしいことだ。われわれが桂谷軍医のおそらくミスで生体反応がなかったことを取り上げて、なりふりかまわずゾンビだなどと言い、Xの脅威をでっちあげようとしているのが問題なんだ。いま現実問題としてXは脅威ではないだろう。しかし百都司令は——あいつを民営化反対運動の核にしようとしている。われわれはそれに利用されているのだと思う」

「民営化反対がどうしても連邦に通じなかったら……どうするかしらね、あの狸」

「署名運動かな」と賀川。

「それはもうやっているみたいではありませんか」と沢渡青年。

「署名運動は百都司令とは関係ないだろうな」

とおれは考え考え、言った。百都司令のやろうとすること、なんていったっけな。言葉が出てこない。

「反対闘争か」と賀川。「基地をあげての」

「基地をあげてのといっても、コンピュータやロボット兵たちは反対するでしょうし——

——」

「堅丈くん、黙らせる手はあるじゃないの。壊せばいいのよ。爆薬は山ほどあるわ」

「武力闘争だな」

と賀川中尉は天井をにらんだ。彼もそういう状況を指す言葉が頭から出てこないのだ。

「戦争をやらかす気かしらね、あの狸。戦争というか、なんだっけ」

野村少佐はあきれたという表情で、言った。

「脳天気なんだからな。おまえたちがごちゃごちゃぬかしていることは、クーデターというんだ」

クーデター？

そいつは大変だ。おれたちはどうなるんだよ？　どうなっているかもわからないのに、これからどうなるかなんて、わかるもんか。

「百都司令はだけど、民営化されても、新会社社長というか支社長というか——になれるんじゃないかな」賀川剛志は野村少佐に言った。「どう思います？」

「プライドが許さないだろう。彼の気持はわかる。軍なくして彼はない」

「では少佐はクーデターに賛成するのですか」

と沢渡少尉。心配そうな表情だった。

「ちょっとまってよ。みんな、この民営化なんてこと本気で信じてるの？　冗談じゃないわよ。少佐まで〝死んでる〟なんて言い出すんだもの。これは軍のテストかなんかよ。忠誠度のテストとか――」

「だから、それならいいがもし事実ならばどうするかという話なんだ」とおれ。「死んでいる、などと言ったのはわるかった。こう考えればいい。正気なのはわれわれだけで、基地全体が、コンピュータも人間たちもあいつに幻覚を与えられているのだ、と。そんな状況でクーデターが起こったら、われわれはそれに巻き込まれてはならない。わたしは部下を殺したくはない。たとえこれが夢のなかの出来事であったとしても、だ」

「具体的には……」と沢渡少尉、「どうすればいいのでしょうか。あいつは壊れたはずですが……まだ生きているのでしょうか」

「調べる必要がある」

「ここから出られるかな」と賀川。「居住区から」

「ロボット兵は味方してくれるかもしれないぜ」とおれ。

「つきあってられないわ。わたし、帰る。いい骨休めよ。一日たてばすべてはっきりするわ。まったく脳天気なんだから」

小夜子は出ていった。野村少佐はとめなかった。ため息をついて小夜子を見送った。

小夜子の言うとおり、野村少佐の考えは脳天気かもしれない。

だが少佐が家に帰ることができないでいるのは事実だ。

これがもしおれがみている夢ならば、なんとかして野村少佐を家族のもとに帰してやって、彼の息子とラバーダックといっしょに風呂に入れてやるのだが。

「小夜子のほうが現実的だな」野村少佐はつぶやいた。「様子をみよう。解散」

「少佐」とおれは言った。「家に映話してみてはいかがですか」

「だめだろうさ」

と言いながらも野村少佐はマルチディスプレイのリモコンをとり、ディスプレイを映話モードにして、兎ヶ原市の自宅番号を入力した。

すぐに壁にかけてあるディスプレイは明るくなったが、出たのは少佐夫人ではなく、そっけない文字だった。

《現在この番号の映話は使用されておりません》

おそらく基地映話交換局が野村少佐の家への映話をつながないようにしているのだ。

「もしかしたら」

野村少佐は映話を切って、言った。

「本当にわたしの家はこの世にはないのかもしれない」

まさか。それは考えすぎだ。

しかし。おれは地球の石川の実家へ宇宙通信映話をする気になった。おそろしく高い料金だが——だめだった。長く待たされたあげく、画面に出たのは野村少佐のときと同じだった。

こうなると、野村少佐の不安は他人事ではなくなる。

おれたちは死んでいる——いや、おれたちの世界は、なくなったのではないか？

映話を切った。

そのとたんだった。ディスプレイがぱっと明るくなった。映話呼出サインだ。グリーンの点滅だから基地内居住区からだ。

野村少佐は映話受信スイッチを入れる。

画面に出たのは小夜子だった。

『部屋が荒らされているみたいなの。ちょっと来てくれないかしら。へんなの——』

小夜子は画面から目をそらした。

そして、悲鳴。映話のリモコンを放り出して画面から消える。部屋をとび出したんだ。

おれたちも少佐の部屋から駆け出した。

跳ねるように、天井に頭をぶつけないように。速く走るのはむつかしい。

先頭はもちろん、賀川剛志だった。

11

　ぼくは字を書いている。

　ちょっとまって。だれか来た。

と。またペンを持ってと。えーと、部屋に入ってきたのは髪の長い女性だった。この部屋はやっぱり女性の部屋だったんだ。

　長い髪をくるりとまとめて頭にのっけた女性が入ってきて、その髪をまとめたバンドをとって、髪を肩までたらして。

　この女性はそうだ、雷獣迎撃小隊の副長の小夜子というひとだ。

　彼女はそれから、机を見て、ぼくが書いていた紙に目をやって。髪を梳《と》いていた手をとめるとヘアブラシを鏡台において。

　部屋を見回した。

「へんねえ」

　と小夜子さんは言って。ぼくの記録した紙をとりあげて読んだ。あれはぼくの外部記述エリアだよ。

なんて書いたかな。そうだ、ぼくはタヌキのぬいぐるみだ、と書いたな。〝私〟は脳天気だって。

小夜子さんは、ベッドにもどっていたぼくを見た。近づいてきてぼくを抱き上げたんだ。

ぼくはじっとしていた。

どうしていいかわからなかったので。

小夜子さんはぼくのタマタマをつんつんとつついて、ベッドにおいて。そしてリモコンらしいボックスを取った。

リモコンはTV電話のものらしくて、ディスプレイが明るくなると、四人の男たちが映った。

「部屋が荒らされているみたいなの。ちょっと来てくれないかしら。へんなの――」

と小夜子さんは言ったっけ。よく覚えてる。

ぼくは荒らしてなんかいないよ、と言おうと思って、ベッドから降りようとした。

小夜子さんはぼくをちらりと横目で見た。

ぼくは、どろぼうじゃないよというつもりで、にっと笑った。にっとだか、にゃあ、だか自分の顔は見えなかったからわからないが、きっとあまりいい笑い方じゃなかったんだ。

小夜子さんは、きゃっと叫んでリモコンを放り出し、部屋から出ていった。

なにがわるかったのだろう？

ディスプレイに映っていた四人の男たちも画面から出ていった。

みんなどこへ行ったのかしらん。ぼくもついていけばよかったかな。

〝私〟はあいかわらず黙ったままだ。だけど近くにいるのはたしかだ。感じるもの。

〝私〟は返事をしてくれないけど、ぼくのこの文章を見ている。ような気がする。

部屋の外で物音がしている。小夜子さんの声と、男の声が聞こえる。

なにを話しているのかな。聞きにいこうかな。でも記述エリアはどうしようかな。ぼくのこの身体では。まてよ、頭が大きくなっている気がするな。いままでの出来事を覚えていられたし。

大丈夫のようだ。〝私〟は記述エリアを新しい身体に増設してくれたみたいだ。これなら字を書かなくても、覚えていられそうだよ。

ぼ、くは、なにする
ん　だよ　わ　たす　け　て

12

タヌキ、タヌキと小夜子はくり返して、彼女の部屋を指した。

狸親父の百都司令が来ているのかとおれは思った。

賀川が小夜子の肩に両手をやって、「おちつけ。なにをあわてている」と言う。

小夜子がこんなに動揺しているのを見るのは賀川も初めてだったろう。

小夜子はごくりと唾を飲み込んで、言った。

「タヌキ。わたしのポムポム。ぬいぐるみの。笑ったの。こっちを向いて。あれはポムポムが書いたんだわ」

「なにを言ってる」と賀川。

小夜子は、ライティングデスクに手紙らしきものがあって、それはきっとポムポムが書いたのだろうと言った。

かわいそうに、とおれは思った。小夜子も疲れているんだろう。

おれはドアが半開きになっている小夜子の部屋をのぞき込んだ。賀川はどうか知らないが、おれは小夜子の部屋に入ったこともなければ、見たこともない。しかしワンルームだ。デスクがどこにあるかは一見すればわかる。

デスクはあった。

なんだ、あれは。

あれは——まったく、迎撃出動してからというもの、目を疑うことばかりだ。椅子に乗り、そこに短い足で立ち、机に手を伸ばして書き物をしているらしい、タヌキのぬいぐるみの後ろ姿。

よいしょ、よいしょ、というかんじで、あれはたしかになにかを書いているところだ。

「賀川……小夜子は大丈夫だ」

「なにが」

賀川は小夜子の手を握ったまま、おれの後ろから、そいつを見た。

「……ほんとだ。小夜子が大丈夫でなければ、おれたちもおかしいんだ」

「みなさん、なにを」

という沢渡青年も、部屋の中を見てしまえばもう後がつづかない。

「捕まえろ。Xと関係があるかもしれん」

野村少佐は低いが興奮した口調で言ったが、だれそれに捕まえろという指示はしなかった。

で、だれも動かなかった。ここで急に風邪をひくわけにもいかないが、と思ったとたん予感は当たって、「大介」ときた。

特別危険任務手当もくそもない状況だった。

覚悟をきめて、おれはそいつ、小夜子のぬいぐるみ、タヌキのポムポムにそっと近づいた。

ポムポムはいっしょうけんめいに字を書いていた。

おれはポムポムから目をはなさず、なにかこいつをつつくような物がないかと手を後ろへやった。

沢渡少尉だろう。彼は気のきく青年だ。ハンガーをおれにつかませてくれた。

おれはそのハンガーで、直接手を触れるのは気色《きしょく》わるかったからそれで、ポムポムの頭を軽くたたたいた。

ポムポムは銀のボールペンで字を書いていた。活字のような字体だった。一字書くスピードはすごく速い。頭をたたかれたポムポムは、字の間隔を乱した。おれはハンガーをすてて、そいつを抱き上げた。

「捕まえた。おいおまえ」

ぬいぐるみに向かって真剣に、おいおまえと言っている自分の脳天気さを意識してはいたが、たしかにこいつは字を書いていたんだ。

意外に強い力でポムポムは短い前足を動かして、頭にやった。

「おまえは——迷惑一番だな？」

「たたかないでよ」

「喋ったわ」

小夜子は叫んだが、おれは喋って当然という気がした。この世界はもう、なにが起こっても不思議ではないのだとおれは、こいつの後ろ姿を見たときに覚悟をきめたんだ。これは夢なのだと思えばいいのだ。

「おまえか。おれにへんな夢をみせているのは。おまえだろう。この、この、目を覚ませ、じゃない、目を覚まさせろ、おれをこのへんな夢から出すんだよ」

おれはそいつを片手で持って、頭をポカポカとたたいた。

しかしなんとリアルな感触のある夢だろう。

たしかにぬいぐるみの肌触りがある。それなのにこいつは字を書き、喋るのだ。

「やめてよ。かわいそうだわ」

小夜子はおれからそいつをひったくるようにとった。

おれは少しおちつきをとりもどした。

おちつくと、おれは小夜子にかつがれているのではないかと疑った。

喋るぬいぐるみは珍しくもない。動くぬいぐるみだってある。字を書くぬいぐるみは知らないが、できないことはない。

小夜子はおれたちをからかったんじゃないか？

「かわいそうにポムポム。大介くんにたたかれて」

などという小夜子をみてると、ほんと、しらけてしまう。

「小夜子、どういうことだ」

野村少佐もおれとおなじ気持になったらしい。

「それはきみのぬいぐるみじゃないのか」とおれ。「なにをあわてたんだよ」

「ぼく、ポムポムじゃないよ」とタヌキ。

「じゃないみたいね」

小夜子はベッドにそいつをおいて、頭をなでた。

「でも、かわいいわ」

おれはそいつにもう一度訊いた。

「おまえは迷惑一番だな？〈天賦の才能の海〉でおれに〝ぼくはメイワクイチバン〟と言ったのはおまえだろう」

「あのとき腰を抜かしていたみたいだったのは、あなただったんですか。そうだよ。ぼく、迷惑一番」

「……大介、おまえこいつの正体を知っているのか」

「知りませんよ」

野村少佐におれは声を強めて言った。知るもんか。

「でもぬいぐるみの姿は偽《いつわ》りでしょう」

「ぼくはハードウェアに関係なく生きていられるって言ってたよ」

「だれが」

「〝私〟がだよ」

「この。人をおちょくる気か」

おれはまたタヌキのぬいぐるみの迷惑一番の頭をこづいた。

迷惑一番はあわてて頭を短い前足でおさえた。

「ちがうよ。本当なんだ。ぼくは〝私〟の一部なんだ。〝私〟はマーキュリー」

「マーキュリー？　水星のことか」

「神さまの名前だって。ぼくは〝私〟の言語発生機なんだ。〝私〟の意識を言語化するんだ」

「いま喋っているのも、つまりは、その〝私〟なのか」と野村少佐。

「よくわからないよ。〝私〟は返事をしてくれなくなったし。でもぼくはここにいるよ。ぼくには言語駆動装置、言語ドライブデバイスがあって、それで思考もドライブできるらしいから、〝私〟なしでも考えられるんだ。と〝私〟は言ってた」

「ハードウェアに依存しない思考体か」

と野村少佐は言い、うーむとうなって腕を組んだ。

「きみが」と沢渡少尉、「DZ4494SEの頭をおかしくしたんだな?」

「DZ4494SEって?」

「おまえを調べようとしたロボット軍曹だ」

とおれは迷惑一番に手を伸ばした。

迷惑一番はさっと身を後ろに引いて、

「ちがうよ、〝私〟だよ」

「おまえじゃないか」

「ちがうってば、〝私〟はぼくじゃない」

わたしはぼくではありません。

なんだか頭がぐじゃぐじゃになりそうだ。

「いじめちゃかわいそうよ」

ふむ。こいつは実にいい身体に入り込んだものだ。入り込む? なにが、入り込んだろう。

「小夜子、このぬいぐるみは、ただのぬいぐるみだったのか」

野村少佐は腕を組んだまま訊いた。

「ええ。ただの――」

「メカも電子デバイスも入っていない？」

「はい、少佐」

かわいそうよと言いつつ再び気味悪さがよみがえってきたらしく小夜子は口調を硬くした。

「ごく普通のぬいぐるみです。ロボットではありません」

あの、こわい副長の、若井中尉に、ぬいぐるみのタヌキを抱いて寝る趣味があったとは、知らなかった。

野村少佐はしかしちらりともそんな思いを表情にあらわさなかった。さすがだ。

「それの本体がコンピュータプログラムのようなものなら、ロボットに移植するのは可能だ。しかし――ただのぬいぐるみとはな。こいつはまるで魂がぬいぐるみに乗り移ったような現象ではないか」

オカルトだ。しかし小夜子は、オカルトでもかわいければ許す、というように、迷惑一番に優しく言った。

「あなたはそれで、なにしに来たの？　どこから？　いつまでいるの？」

「水星から、たぶん。脳天気なみんなを観察して記述しろって。〝私〟が言ったんだよ。いつまでいるかなんて、ぼくにはわかんないよ。たぶん同じ世界には帰れないだろうって

〝私〟は言ってたよ。でもぼくは寂しくないよ。みんなといっしょならさ」

「水星から?」と野村少佐。

「脳天気なみんなって、もしかしておれたちのことか」と賀川中尉。

「同じ世界には帰れない?」と沢渡少尉。

「寂しくなんかないわよ、もちろん」

小夜子は迷惑一番を抱きあげて笑った。いちばん脳天気なのは小夜子だな。

「記述とは、あれのことか」

おれはデスク上の紙片を指さした。

「あれを書いたのは、ぼくの記述エリアが足りなくなったからだよ。内蔵の記述エリアがオーバーフローを起こしたんだ。〝私〟とのやりとりは内蔵エリアにあるよ」

「記憶しているんだな?」とおれ。「記述エリアというのはおまえの記憶デバイスのことなのか」

「よくわからないよ。記憶と記述とはちがうと思うな。記述というのは読める形にしたぼくの記憶だよ、きっと」

あの月面の字はこいつの記述内容なんだな?

「女性の部屋に長居もなんだから」と野村少佐は腕組みをといた。「わたしの部屋へ行こう。沢渡少尉、迷惑一番とかが書いたものをとれ。若井中尉、そいつを逃がさないように

――いや大丈夫だろうな、いっしょにつれてこい。賀川中尉、そいつから目を離さないこと」

「わかりました」と賀川中尉と沢渡少尉。

「そのへんをひっかきまわしちゃいやよ」

「はい中尉」

「堅丈くん、勝手に女の子のロッカーをひらいてハンガーなんか出したりしては、だめよ」

女の子。うーむ。

おれと野村少佐は先に小夜子の部屋を出た。

「少佐、あれはなんです？　どうするつもりですか。司令部に報告しますか」

「どう報告する」

そう言われておれは言葉につまった。

「ぬいぐるみが口をききましたと言うのか。Xの正体はぬいぐるみだとでも言うのか？百都司令は信じるかもしれん。そしておれたちはやはりゾンビだと言うだろう」

「あいつは水星から来たと言いましたね」

「あのぬいぐるみの話だと、あいつの本体は別にいるらしい。あいつはその本体とわれわれとのつなぎ役のようだ。聞き出せるかもしれん。あいつの機嫌をそこねないようにすれば……しかし、ぬいぐるみとはな。集団幻覚かな」

少佐の部屋に入っても幻覚は消えなかった。あいかわらず迷惑一番は元気だった。

「さて、話をきかせてくれないかな」

「うん、いいよ」

小夜子の手でベッドにおかれたタヌキは無邪気にうなずいた。

「きみの本体はどこにいるんだね」

野村少佐はライティングデスクにつき、沢渡少尉から受けとった紙片を手に、身体をタヌキに向けて訊いた。

「わかんないよ」

「ゆっくりでいいのよ、あわてなくても」

まるで母親のように小夜子は言った。

迷惑一番は足をなげだしてベッドの上に尻をぺたんとつけた格好で、うーんと考えるように顔を上に向けた。タヌキのくせに。ぬいぐるみのくせに、もっともらしくポーズをつけるじゃないか。

小夜子は迷惑一番の横に腰をおろして迷惑一番をいたわる和《なご》やかな表情で見つめていた。

これがぬいぐるみだからいいようなものの、この状況は、たとえば死体にものを訊くのとたいしたちがいはなかった。死体のほうがまだ現実的かもしれない。その細胞分子から情報を引き出すことは可能だろう。

ところが、相手はぬいぐるみなのだ。

それに向かって大真面目に、おまえは何者だと訊いているわけだった。

夢か。腐った死体が身体に蛆《うじ》を這わせながら語る夢よりはましだったが、しあわせな夢とはいえない。夢か？　わからないが、いまこいつが口をきくのは現実だった。夢のような現実か。現実のような夢、でもいいような気がする。どっちともとれる状況だ。しかしどちらがいいとなれば、もちろん夢であってほしかった。

「わからないか。残念だな。ではきみの記述メモリにある記録を聞かせてくれないかな」

野村少佐は紙片に目をおとした。

「これより前の記述内容はきみの内蔵メモリにあるんだろう」

「うん。あるよ。どこから話そうか」

「最初から」

「いいよ」

と迷惑一番は言って、喋りはじめた。第一行がなにかおれには予想がついた。

「ときはうちゅう。ところはみらい」

「ちょっとまった」

と野村少佐は迷惑一番をとめて、沢渡少尉を呼び、少尉にデスクをゆずった。沢渡少尉は命じられて、迷惑一番の語ることをワープロでタイプしはじめた。

賀川中尉は小夜子のわきに立ち、迷惑一番が恋人にかみつこうとしたらひっぱたこうとでもいうように緊張して、迷惑一番の話を聞いた。

おれは、外部からの侵入者にそなえるように少佐に命じられたので部屋入口のドアに寄りかかっていたが、侵入者に気をつけろと言われたものの、注意は迷惑一番にしかいかなかった。ドア越しにレーザーライフルで射たれてもわからなかったろう。

迷惑一番の話に和泉ゼンロクという名が出ると野村少佐は、沢渡少尉のわきに立っている身体をワープロのほうに向けて、和泉の名を確認してから、驚いた表情を浮かべた。が、口出しはせず、迷惑一番の話を最後まで黙って聞いた。

「――覚えていられそうだよ、マル、改行、ぼ、テン、くは、テン、なにす、二字アケ、る」

「まてまて、どこが記述内容で、どれが記述用指示だ」と沢渡少尉。

「それは大介さんがぼくをもちあげたときの記述だよ」

「つまりこれで最後だな」と野村少佐。

「うん。〝たすけてくれ〟と書こうとしたんだ」

「よろしい。フム。和泉教授か。ゼンロクね。アダ名は知っているよ、わたしも。有名だからな」

探査機か。水星からの。

平行宇宙。次元探査機。類は友を呼ぶ。

キーワードはなんといっても〈脳天気〉だな。

部屋は静かになった。

「おれたちは……死んだのか、やはり、あのとき」

おれはうめくように言った。

「意識だけが平行宇宙をすっとんで、こちらの宇宙にとび込んだ——こいつの話だと、そういうことになりますね、少佐」

「……このマーキュリーの説明だとそうだな。しかしマーキュリーは迷惑一番にも真実を打ち明けていないようだし」

「平行宇宙などというのはでたらめで、意識転送実験でしょうか」

他の三人はなにも言わなかったので、おれと野村少佐の対談になった。

「それなら水星軍内部でやるだろう。われわれはやはりマーキュリーの動きにまきこまれたんだろうな。やつがやろうとしていることに」

「宇宙軍の民営化というのは、マーキュリーがやろうとしているのか。平行宇宙云云《うんぬん》は嘘で、マーキュリーが地球連邦のコンピュータに侵入して軍解体をしようとしているのでは?」

「いや、ここはやはり別の宇宙だろう。民営化をすすめているのがマーキュリーだとしても。百都司令は〝諸君も承知のように〟と言った。ここでのわれわれは、意識が入れ換えられる前のこの宇宙のわれわれは、民営化を知っていたはずだ。この宇宙はマーキュリーが侵入したときはなにも存在しなかったのかもしれん。この世界はマーキュリーが創造しつつある世界だろうと思われる。和泉禅禄がやろうとしたことは——意識のない宇宙にマーキュリーという意識を送り込むことではないのかな」

「われわれも意識の一つでしょう……この世界はわれわれによっても創られてもいいはずですが」

「マーキュリーはもっと異質な世界を選びたかったのかもしれない。が、われわれがついてきてしまったから、われわれの意識が生き残れる世界で妥協《だきょう》したのではないかな……われわれにしてみれば、この世界は充分に異質だ。なにしろ民営化だものな。マーキュリーはわれわれの疑問を迷惑一番に記述させながら世界を創る気だ」

「和泉教授がそれを読む。なんと。迷惑な」

「しかし——どうやって読むのかな。マーキュリーはどこにいるのか……コンピュータネットワークのなかかもしれんな」

「マーキュリーによって創られつつある世界ならば、マーキュリーにはそれをもとの世界へ知らせる能力が必要でしょう。整理しないとややこしくてかなわないな」

無数にある似たような宇宙の一つに入ってきたマーキュリーは、この世界の和泉教授に迷惑一番が書いたものをコンピュータネットワークを通じて送るのか。

それとも野村少佐の言うように、ここは平行宇宙の一つではあるがマーキュリーが入る前は無に等しい宇宙で、マーキュリーが侵入したことで世界が創られているのか。そうならばマーキュリーはこの世界の和泉教授ではなくてもとの世界の和泉教授となんらかの通信手段をもっていなくてはならないのではなかろうか。

それとも、おれの理解を超えるが、この二つの考えをごちゃまぜにしたことが起こっているのか。

これは夢ではない。少なくともおれの夢ではない。だれがこんなややこしい夢をみるか。軍民営化現象だけなら、それはザイラスⅢが脳天気だからだといえるのだが。マーキュリーに迷惑一番、喋るタヌキのぬいぐるみではな。最も脳天気なのはマーキュリーだろう。和泉教授か。負けそうだ。

マーキュリーが軍民営化をすすめているのか。

はい、一救助七千円になります。え、まだ船に人がいるんですか？　割り増し料金になりますが。

一戦闘につき一〇万円になります。兵器は松竹梅とランクが分かれておりますが、いかがいたしましょ。なに？　となりの嫦娥《じょうが》基地で殺人割引をやっている？　ええい、お客さん、あんたは偉い、こちらも大出血サービス、水爆一個おまけにつけます、百メガトン級でいかが。

……おれの誇りはどうなるんだ。あのつらく厳しかった学生時代はなんのためだよ。冗談じゃない。おれは殺人屋じゃないぞ。ここがそんな世界なら死んだほうがましだ。いや、やはり死ぬのはいやだが。もっとも、民営化されたらおれはくびかもしれないな。人間はいらない、と。民間宇宙機のパイロットになれるかしらん。大気圏飛行機はおそろしくて乗る気にもなれないが。

沙知子、おれは無職になるかもしれないよ。おれはどうすればいいんだ。

まてよ、とおれは考えた。この世界には沙知子はいるのかな？

「マーキュリーが創っている世界だとすると、少佐、マーキュリーが知らないこと、知らない者、は存在できないのでしょうか」

「だろうな」

「そんな――」

「コンピュータから情報は引き出せるだろう。マーキュリーは全コンピュータに侵入できるようだ」

「そのような世界を選んだ、というわけか」

野村少佐はうなずいて、沢渡少尉がタイプした迷惑一番の記述内容記録紙を取り上げた。

それをパンとはたいて、「これが事実なら、やはりわれわれは死んでいる。われわれのもとの身体は、爆散しているんだ」

「少佐はそれを信じろというのですか」

と賀川剛志は無意識か意識的にか小夜子のとなりに腰をおろした。

「きみは、嘘を言ってないわね？　本当にわたしは死んだの？　ねえ、ポムポム？」

「わかんないよ。でもぼくは壊れてないよ」

「死んでいるとすると」沢渡青年は悲しい声で言った。「帰れないわけですね。帰るところが――身体がない」

「爆散したのが本当かどうかは、わからないでしょう、少佐」

「だれにも、わからんな。確認のしようがない。だが和泉の前科六犯教授は――マーキュリーなら」

「そうだよ。〝私〟にはわかるよ」

「どうしたの、ポムポム？」

タヌキのぬいぐるみはきょろきょろと部屋を見回した。

「〝私〟がきてるよ」

「どこになの？」

ここだよ、と迷惑一番は自分の頭を指した。

しいかんじで。


「なにか言ってきているのか」

野村少佐はベッドに近づき、その前にひざまずいて迷惑一番に手を伸ばした。うやうやしいかんじで。

「頼むから、その〝私〟の声を聞かせてくれないかな」

タヌキのぬいぐるみは放心したように動かなくなった。

「ポムポム。大丈夫、ポムポム。しっかりして」

「中尉、刺激するな」

いきなり迷惑一番はわれに返って、

「わっ」

野村少佐はほとんど腰をぬかしたが、尻もちはかろうじてこらえ、中腰で「わっ」と叫び返した。

「なによ、ポムポム、どうしたの」

「……見せてやろうかって、〝私〟が言ってたよ」

「なにをだ」

野村少佐はきまりわるそうに腰と背を伸ばして立ち上がった。

壁のディスプレイが予告なく明るくなった。

「ニュースだって」と迷惑一番。「あっちの」

「あっちのって、どういうことなの?」

小夜子の問いに迷惑一番は、わかんない、とこたえた。

が、だいたいのことは、わかった。画面を見ているうちに。

『――の事故で殉職した兎ヶ原基地所属の宇宙戦闘機パイロット五名の葬儀が本日現地時間十時より兎ヶ原基地前の月面で行なわれました』

という女声のナレーションが流れた。

画面は基地の外の、兎ヶ原市に近い平坦な地だった。背後に基地のある兎耳山が見えていた。宇宙服を着た将兵が並び、レーザーライフルの礼砲。

『小樽大介中尉と賀川剛志中尉の乗った機体は月面に激突したため、遺体の損傷がひどく、その収容は困難をきわめました。残る三名、野村和葉少佐、若井小夜子中尉、沢渡堅丈少尉は機体とともに原因不明の爆発により蒸発、還らぬ人となりました。本日の軍葬は彼らの勇敢な行為をたたえ――』

……。冷汗か、脂汗か。

「なによ、これ」と小夜子。

沢渡少尉はデスク上のディスプレイリモコンをとって、インジケータを見て言った。

「スイッチは入っていません。これは……なんですか?」

「……わからん」と少佐。

ニュースは続いていた。

『小樽中尉と賀川中尉の遺体は地球の家族のもとへ無言の帰郷をすることに――』

「遺体？　おれの？」

賀川は自分の頬をつねった。

『なお、殉職した五名が追跡していた物体については現在のところ有力な手がかりは得られてはおりません。野村少佐以下三名を蒸発させた爆発は、武装の熱核ミサイルの誤爆との見方もありますが、未確認物体の爆発とも考えられており、軍当局はなお調査中です』

画面は野村少佐の顔写真になった。

野村和葉少佐の略歴がナレーションで紹介された。

『野村少佐は日本州新潟県弥彦市出身三十六歳で――』

ふむ、と野村少佐。

「まちがってない」

他の四人の略歴も紹介された。まちがってはいないが。しかし。

「死んでるのか」とおれ。「やっぱり」

「やっぱり？」と賀川。「がっくりだな」

おれたちは死んでいる。死んだことになっている。

再び画面には月の景色、軍葬のもようが映し出される。

「沢渡少尉、リモコンを」

野村少佐はリモコンをとり、TVニュース局をディスプレイに呼び出すと言って、操作した。

軍葬の光景とだぶって、文字が表われた。

《現在、あなたの呼び出している回線は使用されていません》

「基地はわれわれにTVを観せないつもりだ。これが現実だろうな」

「ではいま映っているのは――」とおれ。

軍葬の絵は消えた。ディスプレイには〈使用されていません〉の文字だけになった。

「消えた」とみんな。

「消えちゃった」と迷惑一番。「〝私〟が」

「集団幻覚かな」

沢渡少尉はそう言って、ディスプレイに近づき、手で表面をなでた。

「でなければ」と野村少佐。「向こうの世界の現実をマーキュリーが見せたんだろう」

「なんのため？ ポムポム？」

「〝私〟はね、脳天気なみんなは死んでるって。死んでるのがわかったかって言ってたよ」

「トリックだろう」と賀川。「こんな映像などCGでいくらでも創ることができるぜ」

「だろうな」

　野村少佐はうなずいた。

「コンピュータならこんな映像は簡単に創作するだろう。一つだけ確かになったのはマーキュリーというのは電子機器を自在に操ることができるということだ。ぬいぐるみ以外にも、だ。順序が逆か。電子機器以外にも、ぬいぐるみも動かすことができる。いま見た映像は幻覚ではないだろう……内容はひどかったが」

　野村少佐はデスクの端におちそうにおいてあった迷惑一番の記述内容記録紙をとり、読み返した。

「ねえ、どうするのさ」

「だまってらっしゃいな」

　おれたちは黙っていた。

　いまの映像が事実なら、おれたちは向こうの世界では死んでいるのだ。還ることはできないだろう。おれは……幽霊だ。

　困惑しているおれたちを、目に見えないマーキュリーというそいつが見下ろしている気がした。さてこいつら、どうするかな、と。

　にやにやと、笑いながら、脳天気に。

13

われわれの使命は直接間接的侵略から地球と月を守ることである。

長い沈思黙考《ちんしもっこう》のあと、野村少佐はそう言った。

「マーキュリーは敵性と判断する」

どこかで聞いたような台詞だ。が、おれたちは黙って野村少佐の言葉に耳をかたむけた。

「この世界はマーキュリーに侵略されている。それを知っているのはわれわれだけだ。軍の民営化は阻止《そし》しなければならない」

野村少佐は迷惑一番の記述内容記録紙をたたんで胸ポケットに入れ、おれたちを一人ひとり見た。

「わたしの考えに反対の者は」

反対もなにも、少佐はこれからどうするかなにも言っていない。

「民営化の阻止といっても……どうするのですか」

不安な表情ありありと、沢渡少尉は言った。

「わたしたちは死んでいるんじゃないですか。そのほうが問題だと思うのですが」

「そうだぜ」賀川が賛同した。「それを確かめるほうが――なにがどうなっているかを調べるほうが先でしょう、少佐」

「死んだの、死んでいるのと言っていてもはじまらん」

「じゃあ少佐はあの百都司令に与《くみ》するというんですの？」

「そのタヌキを見せればあの司令は喜ぶだろうな」

賀川中尉はタヌキのぬいぐるみをつんつんとつついた。

「ぼくはタヌキじゃないよ」

「宇宙からの侵略者かよ。謎の知性体だとザイラスⅢは認めるかもな」

「ザイラスⅢは認めないだろう」と野村少佐は静かな口調で言った。「マーキュリーはザイラスⅢも操れるらしいからな。そもそもザイラスⅢが民営化方針を打ち出したのはマーキュリーのせいだろう。百都司令がいくら口をきく謎のタヌキのことをザイラスⅢに告げても無駄だ。つまりわれわれは百都司令とは別のやり方をしなくてはならない」

「どうするんです」とおれ。

「すべての原因は水星の和泉教授の実験にある。会いに行こう。それしかない」

それはつまり、おれたちが本当に生きているのかどうかを教授に訊きにいくということだ。

なるほど。

おれは野村少佐の考えがわかった。少佐はつまりこの基地から出ようと言っているのだ。百都司令に従うのではなく、おれたち独自の行動をとろうとしている。おれはそうなのかと野村少佐に確かめた。

野村少佐は「そうだ」とこたえた。

「つまりあたしたちが、その、なんだっけ、そうだ、クーデターをやるわけなのね」

小夜子も理解したらしい。副長だものな。

「どういうことなんですか」

と若い沢渡少尉。

「クーデターなんて、むちゃな話だ。脳天気だ」

と脳天気な賀川中尉。

「対侵略行動だ」

野村少佐はきっぱりと言った。

そうなのだ。少佐は、これからやろうとしていること、基地から出ることに、なんとか大義名分《めいぶん》を与えようと考えていたのだろう。そのこたえがつまり、「われわれの使命は対侵略行動をとる」ことなのだ。

おれはそれを二人に説明してやった。

「それはつまり、死んだの死んでるの、を確かめることじゃないですか。百都司令の目を盗んでそれをやるのは危ないですよ、少佐」

「殺されるかもしれんぞ、このままでは」

野村少佐は賀川中尉に言う。

「どうしてです」脳天気に、賀川。

「百都司令はわれわれをゾンビにしてはおかず、殉死させるかもしれん。そして軍葬をやる。ザイラスⅢには効果はないかもしれんが、一般市民に軍の必要性を訴えるには実にいい演出だと思わないか」

みんな、無言。

まさかとは思うが、軍保全のためならば、あの司令ならやりかねない。おれたちは名誉の戦死をとげるわけだ。

その光景が目に浮かぶようだ。すでに一度見ている。マーキュリーはおれたちに、そうならないよう警告の意味であれを見せたのかもしれない。おれはふとそう思った。

「マーキュリーは敵ではないかもしれない」

「そうだな」野村少佐はうなずいた。「百都司令にとっては敵だろうが。その敵について調べようとするのだから、クーデターではない。とにかくここにじっとしているわけにはいかん」

「対X防衛隊でしたっけ、特別編制部隊、それがわたしたちにとっては障害でしょうね……ロボットたちはどうかな」

「ロボットが敵になるか味方になるかはマーキュリーしだいだろうよ」とおれは沢渡青年に言ってやった。「心配するなよ。死ぬまでは生きてるさ」

大義名分ではマーキュリーは敵だった。

マーキュリーは大義名分の野村少佐の声を聞いたろうか？

「ねえ、みんな、なんの話をしてるのさ。百都司令ってどんな人なの。わるい人なの？」

「あれは人じゃなくて狸ね」

「ぼくみたいな？」

「ううん。太った、本物の狸」

「対Xなんとかって人たちも？」

「そうね。仔狸たちってところだわ。ほんとにあたしたちを死体にしかねないわ。気に入らない」

「作戦を立てなくてはな」

賀川はずっと小夜子のとなりに腰をかけていたが、立ち、野村少佐に言う。

「少佐のお考えは」

「われわれの部下の身も危ないかもしれない。百都司令は小隊ごとつぶしかねん。ロボット兵も、愛機も。異世界だろうとそれは許せない」

「兵たちに連絡できないかな」とおれ。「基地インターカムは盗聴されそうだし」

いまだって危ない。盗聴されているかもしれない。

「沢渡少尉」

「はい少佐」

野村少佐は沢渡少尉にワープロを操作させ、迷惑一番の記述内容記録のハードコピーをとらせた。

それから部下のロボット兵への指令書を口述タイプするようにと沢渡少尉に命じた。

「どうぞ」と少尉。

「諸君は」と野村少佐はロボット兵たちへの伝言を沢渡少尉にタイプさせる。「雷獣迎撃小隊所属の一兵士として、直属上官であるわたしの命《めい》に従うこと。特に百都司令およびこのたび編制された対X防衛隊の命令には注意せよ。彼らはクーデターを起こそうとしている確実な証拠がある。彼らの命令は拒否して待機せよ。万一諸君らに危害がおよぶと判断したときは発砲せよと命じることもあり得る。緊急の場合は各自の判断で自身を守ること。緊急の場合とは、すでにわたしが殺害されているとき、あるいは捕われていて連絡がとれないとき、または発砲許可を受ける間もなくあきらかな攻撃を受けた場合をいう。――こんなものだろう」

ようするに兵の本分を確認させればいいのだ。直属上官以外の命令は受けないこと。いま彼らは自動的に待機任務についているはずだった。

野村少佐はタイプしおえたそれに署名。おれたちも。

「これをどうやって届けるかだな」

「ロボットがいいでしょう」とおれ。「マーキュリーに見られてもいいが、人間に知られてはまずい」

「ヤバイ内容だな。クーデター宣言文だ。見つかったらこれだけで処刑されそうだぜ」

「一度死んでるからねえ。ゾンビだものね。もう一度殺すのはわけないわ、あの狸にしたら。殺しといて、やっぱり最初から宇宙人に殺されていたんだ、とでも言うわよ」

「ここから出なくてはならん。この外には……世界はあるだろうか。わたしの妻や……」

そして野村少佐は唇を結んだ。

賀川剛志は小夜子の肩に手をおいた。小夜子はその手に自分の手を重ねて。うらやましい。おれの沙知子は…… いるだろうか？ この世界に？

「少佐」

「なんだ、沢渡少尉」

「わたしたちの保護態勢を調べてきます。案外、基地整備区には簡単に行けるかもしれません」

「危険だが。そうだな。行ってくれ。指令書は持たなくていい。もし行けたら兵士たちに口頭で伝えてくれ」

「了解」

沢渡少尉は敬礼した。

「気をつけてね、堅丈くん――沢渡少尉」

「はい、中尉」

沢渡少尉は恋人たちを生真面目《きまじめ》な表情で見ると、かすかなため息をついて、出ていった。

五人のなかでは、小夜子と賀川がいちばん脳天気というか、気楽な、といおうか、正気を保っているというか、まともといおうか、そんな気分ではないかとおれは思った。おまえたち死んでるぞと言われようが、二人はおかまいなしのようだった。愛こそすべて、だ。二人には二人の世界があるのだ。

おれはこの二人の世界には割り込めないが、それでも、二人のたしかな世界を感じられるだけでも心強かった。

それは野村少佐にしても沢渡少尉にしても同じだったろう。

もしこれが、おれ一人でこんな世界に投げ込まれたのだとしたら、冷静さを保っていられたかどうかはあやしいものだ。正気を保っていられたかどうか。まあ、いまの自分の頭が正気かどうかを確かめるすべはないのだが。正気かどうかは自分以外のやつらがきめることだ。

おれたちは正気だった。つまり五人は互いに各自が正気であることを無条件で認めていた。狂っているならみんなが狂っているというわけで、それも認めた。賀川剛志と若井小夜子はそれでもいいかもしれないが、しかしおれや残る二人は、狂っていないと言ってほしいのだ。

沙知子に「あなただれ？　死んだんじゃなかったの」と言われたくはない。

基地からは、だから、出なくてはならない。自分は正気だと言ってくれる人間のいる世界へ。どんな危険をおかそうとも。人間が生きるとは、つまりそういうことなのだとおれは悟った。

これほど奇妙ではないノーマルな世界にしても、世界というのは多かれ少なかれ歪《ゆが》んでいるものだ。独りではわからない。人との関係で、わかる。わからないままだと自分が歪まされて、おかしくなる……虚無感のうちに自己が希薄になって消滅するのだ。

結局、世界がどのように変容しようとも生を保つ原則は変わらないのだ。正気を保つ原則といってもいいかもしれない。変化させるべきは手段だけだ。それでどのようにも生きられる。

この世界を受け容れてしまうのも一つの手段だが。おれは沙知子を選ぶ。まず、ここから出なくては。小夜子と剛志の二人がおれにそう決心させている。愛は、勇気だ。そして優しい。

「みんな、なんの相談してたのさ」

タヌキのぬいぐるみの迷惑一番が小夜子のあいている右腕をとって、言った。

「ねえ。手紙を書いてたみたいだけど、だれに出すの？」

「ＭＳＲ３８Ｋがいいですよ。彼は信頼できる」

「そうだな。沢渡少尉が帰ったら、どうやって指令するか考えよう。われわれだけで脱出を強行するのは自殺行為だ。兵の協力がいる。兵たちも危険なんだ。知らせないと」

「しかし……外に世界はあるかな。出る場所が。ここは本当に月なんでしょうか」

「〝私〟に頼んでみれば？　〝私〟はなんでもできるって言ってたよ」

「マーキュリーが創っているのか、本当に？　マーキュリーが行くところに世界が生じるのかな」

「〝私〟こそ主人公って〝私〟が言ってたよ」

「お喋りタヌキ。いったいおまえはマーキュリーのなんなんだよ」

「言語発生機」とタヌキ。

「マーキュリーと外部をつなぐインターフェイスと言っていたな」と野村少佐。「頼めばなんとかなるかもしれんな。タヌキ、いや、迷惑一番、マーキュリーに手紙の内容をＭＳＲ３８Ｋに伝言してくれるよう言ってくれないか」

ポムポムぬいぐるみタヌキ迷惑一番は、うなずいて、天井を見た。すぐに頭を少佐に向ける。そっけなく。

「いないみたい」

「この、役立たず」

おれはタヌキを抱きあげた。

じたばたとタヌキは宙を手足でひっかく。

野村少佐は渡せと言った。おれが迷惑一番を少佐に手渡すと、タヌキは。

「壊しちゃやだよ」

「壊さないさ」

野村少佐はタヌキのぬいぐるみをひっくりかえしたりなでたり黒い眼をのぞきこんだりしたが、「やはりどう見てもただのぬいぐるみだな」と言い、小夜子に返した。

「マーキュリーは話せるやつだと思うわ」

小夜子は迷惑一番の頭をなでて言った。

「ポムポムを口がきけるようにするなんて。神さまみたい」

マーキュリーが神さまなら迷惑一番は天使か。迷惑なことだ、まったく。

「堅丈くん、遅いわね」

「まだ出ていったばかりだぜ」と賀川。

「でも。心配だわ」

「ぼく、見てきてやろうか」

だめだ、と野村少佐。

それはそうだ。タヌキのぬいぐるみが廊下をトコトコと歩いて、通りかかった兵に「沢渡少尉見なかった?」ではな。

「わたし、ちょっと行ってくる」

小夜子はタヌキをベッドにおいて、立った。

「おれも行きます」

賀川は野村少佐に言った。少佐はうなずいた。

「おとなしく待ってるのよ」

小夜子と賀川は肩を並べてドアに向かった。

廊下に出れば肩を抱き合うだろうなとおれは思った。まあ、そのほうが対X防衛隊に疑われないだろうが——

まるでその二人の仲を裂くようなかんじで、いきなりドアが開いた。スライドドアだ。

恋人たちは突然のことに立ちすくんだ。小夜子は反射的に賀川の腕をとっている。

ドアの向こうに姿をあらわしたのは。

おれは沢渡少尉かと思った。いじわるでやっているわけではないが恋人たちの間に入ってくる間のわるいやつというのはどこにでもいるものだ。沢渡少尉のような。しかし。

沢渡少尉ではなかった。

ロボット兵だった。白い体色。MSR38Kだった。ネームプレートを見なくてもわかる。ロボット兵はみんな同じようだが、しかしつきあいが長いと、自然に見分けることができるようになる。みんな個性がある。歩く音でもわかるし、立った姿勢でも頭や腰の角度が少しずつみなちがう。微妙なちがいだから部外者にはわからないかもしれないが。メカのかすかな音、匂いという要素もあるだろう。雰囲気でわかるのだ。喋りはじめれば、もう個体差ははっきりとわかる。

MSR38Kだった。

「ただいま出頭いたしました」

とMSR38Kは中性的でハスキーな、どちらかといえば女性の声、おばさん風の声で言い、敬礼した。

「出頭って——だれの命令で」とおれ。

MSR38Kはおれの秘書役であり戦闘出撃時のパイロット世話係で、おれの気密戦闘服の管理役でもある、おれの部下だった。

「小隊待機室のインターカムで小樽中尉どのの命令を受け、うかがいました」

「おれの?」

「ちがうのでありますか？」

ＭＳＲ３８Ｋは気をつけの姿勢で、

「わたしの聞きちがいでありましょうか。わたしの耳回路はときどき無線受信回路とクロストークを生じるようで、病院で診察を受けようと思っておりますが。ストレス症の一種かと——」

「おれはおまえをそんなにこきつかったか？」

「申し訳ございません、中尉どの。そういう意味ではありません」

「おまえを呼んだのはおそらくマーキュリーだ」

「は？」

「いいから入れ。おれが呼んだんだ」

「はい中尉どの」

ＭＳＲ３８Ｋはもう一度敬礼して野村少佐の部屋に入った。

「沢渡少尉と会わなかったか」

おれは訊いた。ＭＳＲ３８Ｋは、会わなかった、とこたえた。

「ご用はなんでありましょうか」

野村少佐がおれの代わりに、迷惑一番の記述内容記録と指令書をＭＳＲ３８Ｋに手渡した。

ＭＳＲ３８Ｋがそれを読んでいる間、おれと野村少佐は、ＭＳＲ３８Ｋをここに呼んだのはマーキュリーだろうかという話をした。

「迷惑一番、そう思うか」とおれ。

「さあ、わかんないよ」

「マーキュリーが呼んだとすると、なにを考えているのかな」と少佐。

「民営化阻止を阻止せよ、とおれたちに言ってるのかしらん」

「もしかしたら、われわれが創った状況かもしれないな。望めよ、さらばかなえられん、というやつさ」

賀川は、まったくもう、脳天気に、そう言った。

「かもしれないわね」

小夜子はなにも考えてない。明るい笑顔。

いい気なものだ。まあな、この二人はこのおかしな出来事でしっかりと心が通じ合ったのだから。

ＭＳＲ３８Ｋは記録と指令書を読んだ。

「信じられません」

「だろうな」とおれはうなずいた。「しかしおれたちには宇宙軍民営化など、どうしても信じられんのだ」

「マーキュリーとか迷惑一番というのは、いったいなんでありますか」

「おまえは民営化は不思議ではなく、迷惑一番のほうが信じられないと言うんだな」

おれはMSR38Kに確認した。MSR38Kはそうだとうなずいた。

「民営化のアイデアは五年前からありました。ご存知ではないのですか？　具体化したのはここ三カ月のことでありますが」

MSR38Kはおれに、頭を診てもらったほうがいいのではないかと言いたいように、そう言った。

「そんな話は聞いていない。おれには民営化の話こそ謎で、マーキュリーと迷惑一番の存在のほうがまだ現実的なんだ」

「その証拠はありますですか」

「疑うのは当然だろうが、38K、口のきき方に気をつけろよ。証拠を出せだ？　貴様――」

「大介、そうカリカリするな」

野村少佐はおれをなだめて、MSR38Kにタヌキのぬいぐるみを見ろと言った。

「はい？」

「見えるか。あれが迷惑一番だ。あれが幻だというならば、おかしいのはわれわれのほうだ」

「見えますが——」

「ぼく、迷惑一番」

「おしゃべり人形でありますか」

「調べてみろ」とおれ。

ＭＳＲ３８Ｋは小夜子から迷惑一番を抱かせてもらい、しげしげとながめた。ロボットがぬいぐるみを抱いている光景は不思議な、ファンタシィの世界の一コマを見ているようだったが、おれはＭＳＲ３８Ｋがどうこたえるか、緊張した。

「ＭＳＲ３８Ｋさんだって？」とタヌキ。

「は、そうですが」

ＭＳＲ３８Ｋはとまどったようにタヌキを小夜子に返した。

「きみの耳回路の振動部にメカ油が少ししみ出ているよ」

「そうでありますか。なぜわかりました？　治療してもなかなかなおりませんで」

「治療カルテがふと頭に浮かんだから」

「そうでありますか。不思議だ。ただのぬいぐるみなのに。わたしには理解できません」

ＭＳＲ３８Ｋには電磁波やメカ作動波など、そのタヌキのぬいぐるみを動かし口をきかせるための機構がぬいぐるみに内蔵されている、どんな小さな証拠もつかめないと言った。

「このぬいぐるみの中身はパンヤです。まちがいありません。小樽中尉どの。このぬいぐるみは動くはずはありません。発声機構もなく、喋れるはずがありません」

「おれが手品でもつかっているというのか」

「魔法であります」

「知ってるよ、魔法って言葉」とタヌキ。「眉につばつけとくとかからないんだ」

「……脳天気な魔法タヌキでありますね」

「このぬいぐるみの件はともかく」

野村少佐は脳天気なロボット兵とタヌキなど消えてしまえばいいのにという気分が伝わる、ほとんど投げやりな口調で、

「Xの正体はわかっているのか」

「はい、少佐どの。あれはボイジャーⅣであります」

「百都司令は信じていないぞ。対X防衛隊なるものを組織してだな――」

野村少佐とおれはかわるがわる百都司令がXを利用して反民営化行動をとっているらしいことを説明してやった。

「だから、あれにかかわった兵たちは消されるかもしれん。われわれがこの居住区に幽閉されているのがなによりの証拠だ」

「しかしお言葉を返すようですが、少佐どの、わたしがここにやって来れたのは、なぜですか。百都司令がもしクーデターを起こすとしまして、それを知った少佐どのや中尉どの

に他の兵が接触するのを、クーデター派が見すごすはずはないと思われます。確かな証拠というものはなんなのでありますか、この指令書に書かれてある——」

「おれはおまえを危険な目にあわせたくないし、百都司令の企《くわだ》てに加担させたくないんだ。百都司令に利用されたり殺されたりしたら、おれの責任だからな」

おれはMSR38Kに言った。本心だった。

ここにもう一人のおれがいれば責任はそっちのおれにとらせたかったが、いないらしいから、もしMSR38Kが百都司令に殺されでもしたら、おれの責任になる。

「これは、もし本当ならば小隊だけの問題ではないであります。確かな証拠とは——」

とMSR38Kは言いかけて、口をつぐんだ。そしてドアの方を振り向いた。

おれたちもドアに目をやった。

沢渡少尉が立っていた。

「遅かったわね」と小夜子が声をかけた。

遅いはずだった。

沢渡少尉は腕をとられていた。空色のロボット兵、基地守備隊兵士に。

三人のロボット兵がレーザーライフルを構えて入ってきた。その背後から人間の将校が姿をあらわした。守備隊の隊長だ。桜林とかいったな。やせた男だ。どんぐり眼《まなこ》の。桜林少佐。

「諸君を反逆罪容疑で逮捕する」

桜林少佐はMSR38Kが持っていた指令書を取り上げた。

MSR38Kはマーキュリーに呼ばれたのではない。

こいつは百都司令の仕掛けた罠《わな》だ。おれたちを、おれたちの部下ごと営倉《えいそう》へたたき込む気だ。MSR38Kは罠にひっかかったんだ。しかし……本当にそうだろうか？

「MPの仕事だろう」と野村少佐。「なぜきみが出てくる」

「クーデター阻止はMPでは手に負えまい」

「だれがクーデターを。おれたちが？　ちがうぜ」

賀川は小夜子をかばって叫んだ。

桜林は薄笑いを浮かべて首を左右にゆっくりと振った。

「諸君ではない。諸君は死体だ。これはクーデターではない。諸君を操る謎の知性体による、宇宙からの侵略さ」

つれていけ、と桜林は兵士に命じた。

やはり百都司令はおれたちをゾンビあつかいする気だ。

「わたしもでありますか」

MSR38Kが作動不良を起こしたような声を出した。

「当然だ」

桜林は冷たく言った。

おれたちはライフルをつきつけられて野村少佐の部屋を出た。

全部で六名の守備隊兵士がいた。ＡＳタイプの突撃兵だ。装甲タイプの体カバーがついているのでＭＳＲ３８Ｋより一回り大きい。

「わたしたちは無実です」

ＭＳＲ３８Ｋは必死に訴えた。

「これが証拠だ」

桜林はおれたちの署名のある指令書をＭＳＲ３８Ｋの鼻先で振った。

「それは創作であります。フィクションであります。物語を書いたんであります」

なんと脳天気な言い訳だろうとあきれたが、ＭＳＲ３８Ｋは真面目だった。いつも真面目な男、いや、ロボット、だった。

「ＸをボイジャーⅣなどとぬかすロボットは不良品だ。黙らんとこの場でスクラップにするぞ」

ＭＳＲ３８Ｋは黙った。この場でスクラップでなくても、いずれ同じ運命をたどるだろう。

そしておれたちはたぶん、野村少佐が予想したように名誉の戦死者、謎の物体Ｘに死体を操られた悲運の軍人として軍葬にされるのだ。

まったく脳天気なシナリオだ。しかし軍民営化を受け入れるくらいの世界だから、通用するかもしれない。

ＭＳＲ３８Ｋは自分の運命を悟ったようだった。

「……あなた方は対Ｘ防衛隊なのですか」

そうだと言ってほしくないという感じのこもった声でＭＳＲ３８Ｋは桜林少佐に尋ねた。

「そのとおり」

にこやかな表情になって桜林が言った。

おれたちはライフルをつきつけられたまま廊下を歩き出そうとした。

そのとき、小夜子に抱かれていた脳天気、いや、迷惑一番が口をひらいた。

「この人たち――」

「黙ってるのよ、ポムポム」

「！　それはなんだ？」

桜林はどんぐり眼をいっそう丸くした。眼がおちるのではないかとおれは思った。

「ねえ、あんたたち、対Ｘ防衛隊なの？」

「そ、そうだ」

ぬいぐるみのポムポム迷惑一番に桜林は、たぶんうわの空で、対Ｘ防衛隊であることを認めた。

それで。異変が起こった。

実になんというか、脳天気というか。いいや、これは、もう、漫画だ。

14

はたから見れば漫画かもしれないが、おれたちはだれも笑わなかった。この天使が旗を振ってパタパタと通り抜けていったような、みんなが呆然として動きを止めた瞬間を、賀川剛志は逃さなかった。

桜林は賀川の重量級パンチを顎に受けて五、六メートルとばされた。床に倒れる前に彼は失神していたろう。そのほうが彼の精神衛生上よかったかもしれない。

おれたちはもう、なにがどうなっているんだろうなどと相談したりはしなかった。

桜林の顔がいきなり狸になったのを見ても。

ＡＳロボット兵の顔が突然狸になったのを見ても、だ。

そう、おれたちを捕まえにきたそいつらは、狸になった。身体はもとのままの大きさだが、頭部はあきらかに狸だ。黒い鼻、ヒゲがちょんちょんと伸びていて、やわらかそうな耳がピンと立っていて。

マンガでもぬいぐるみでもない、シリアスな狸面が並んで銃を持っていて、一人なんぞは——桜林だが——狸のくせに少佐の制服を着ているんである。

おれは身体を半身にして背後の兵士のレーザーライフルの銃身をわきにはさみ込む。同時に野村少佐のそばの兵に足げりを食らわせた。その反動でおれは後ろの兵といっしょに仰向けに床に倒れたが、ライフルを奪い取ると、その台尻を狸の首にたたき込んだ。力いっぱい。ほとんど、殺意をこめて。ロボット兵は首を折られた。中枢コンピュータは胸にあり、そいつは生きていたろうが、眼や耳の信号はたぶん首を折られてショートしたろう。ロボット? 狸だ。狸が装甲戦闘服を着ている格好だ。頭だけでなく中身も狸かもしれない。

起きざまに、殴り倒されてぴくりとも動かない桜林をおれはちらりと見やった。頭だけでなく制服袖口から出ている手も人間のものではなかった。靴が脱げて転がっていた。靴下をはいている足は、よくわからないが、あれはたぶん人間の足だろうな。

沢渡少尉が狸兵につきとばされたところだった。狸兵はライフルを構えようとした。沢渡少尉は立つ。中腰に。沢渡少尉はとっさに床で身をひねった。

おれはレーザーライフルの引金を引いた。

沢渡少尉を狙っていた狸兵の頭部がけしとんだ。狸の毛が宙に舞い、ぱらぱらと金属片が散った。狸なのは表面だけらしい。ASロボット兵は頭部も装甲されているから、レーザーライフルのワンショットではああきれいに破壊できない。連続命中させる必要があるのだ。それを一撃でぶっこわせるのだから、狸は幻ではない。

「銃をとれ！」

野村少佐が叫ぶ。

おれが撃った兵の手からライフルがはなれて床をすべる。

沢渡少尉がそれに向かってジャンプ。とびすぎだ。銃より先の方へとぶ。

おれのわきに別の兵が倒れてきた。とっさに振り向くと賀川が発砲した。おれに襲いかかろうとした兵の装甲服の背にレーザースポットの輝き。

「頭だ。頭を狙え」

おれはどなり、足元に倒れたそいつの頭をけとばした。賀川がそれを狙い撃った。

「３８Ｋ、通信妨害」

きょとんと突っ立っていた３８Ｋはおれの命令を受けて、頭部の二本のアンテナをピンと立てた。ジャミング波を最大出力で発振。

「行くわよ。ポムポム、おいで」

小夜子はライフルを手に下げ、ポムポムに手を差し出している。小夜子は強い。ポムポムをさっと放り出しておいて狸兵に肘打ちを食らわせた。のだろう。見ている間がなかったからわからないが。

「早く、ポムポム！」

「小夜子、先に行け」

おれはポムポムをかっさらい、肩にのせた。

ポムポムはおれにしがみついた。

六体のロボットたちは賀川と野村少佐のレーザーライフルの連射でみな頭部をぶっとばされて床に倒れたが、眼や耳がつかえなくても、中枢部は生きている。本部にすでに連絡しているかもしれない。

「38K、小夜子を援護」

おれは床におちているレーザーライフルを38Kに投げやる。

38Kはライフルを受けとると、さっと敬礼した。了解ということだ。

38Kはドシャガシャと駆けていく。小夜子より速い。

おれたちも駆け出す。と、沢渡少尉の悲鳴。

沢渡少尉は後ろから、頭のないASロボット兵に抱きしめられた。いっしょにまた倒れる。

野村少佐と賀川はロボットの腕を両側からつかんではなそうとしたが、びくともしない。

他のロボット兵も手さぐりで起きあがり、近づいてくる。すぐ近くの一体におれはレーザーライフルを連射した。装甲が焼け、煙が充満する。そいつは倒れた。おれが殺した。

沢渡少尉はロボット兵に胸をしめられ、息ができないようだ。舌を出している。

おれはそのロボット兵の肩関節を狙った。

「わあっち」と賀川。

穴があいたそこへ銃口を突っ込み、引金を引く。火花を散らして腕がはずれた。

素早く賀川と野村少佐が沢渡少尉を助ける。

おれは近づいてくるロボットたちをレーザー射撃。

「大丈夫か」

激しく咳込む沢渡少尉に賀川中尉は、少尉がおとしたライフルをおしつけた。少尉は咳込みながらも受け取った。

賀川中尉が沢渡少尉の手をとって駆ける。

沢渡青年は苦しそうだった。足がもつれていたし、前を見る余裕もなくまだ咳をしていた。が、なんとか賀川に引っぱられて廊下の角を曲がった。

「大介、行くぞ」

ライフルでASロボットをおれと同じように撃っていた野村少佐は射撃をやめ、手を振った。

白い煙を分けてブルーの首なしロボットが二体、ゆらりと近づいてくる。

おれは後も見ずに野村少佐を追って駆け出す。

階を仕切る非常気密隔壁扉がおりてくるところだった。賀川と沢渡青年の姿はすでにない。

煙のために居住区管理コンピュータが火災発生と判断したらしい。非常ベルが鳴り響く。

おれと野村少佐はあとわずかになったそのすきまをかろうじてすり抜けた。

「なんてドアだ」

なおも階段を半ばとびおりるように下るおれは舌打ちする。

「まだおれたちがいるのに非常ドアを閉めるなんて」

「桜林のせいかもしれんぞ、大介。あいつ息を吹き返して連絡をとったのかも」

鏡で自分の顔を見てもう一度気絶しろ、と言いたい。

九階と八階の間の非常気密隔壁扉が閉まっている。

「やっぱり、そうだ。ちくしょうめ」

冷静な野村少佐がめずらしく悪態をつく。

おれは手動開閉のスイッチを押す。

だめだ。管理室で集中管理されているらしい。

これがだめなら、向こう側へ抜ける手段は他にもあった。壁に別の小ドア。向こうとつながっている。非常退避用小部屋の入口だ。おれはその潜水艦のハッチのような扉を開いた。中は狭いが、薄暗い照明のなか、先にもう一つのドアがある。それが、開かない。

《非常事態発生》

部屋のインフォメーションパネルに文字が出ている。

《居住区気圧が急激に低下中。救助隊が来るまでここでお待ち下さい》

「なんだって?」

「誤作動か、偽インフォメーションだろう」

野村少佐は小部屋を、入ってきた方へ出ると、もう一度隔壁扉の手動スイッチを押した。

「くそ。だめか——」

と、そいつが開き始める。

身を入れるすきまができるのももどかしく、それを抜ける。

下へ。

各階の隔壁扉はみな開く途中だった。

おれたちは一階の居住区管理室へと降りた。先に行った四人が待っていた。

「もう一度閉めなさい」

小夜子が管理人ロボットに銃をつきつけて命じた。

「小夜子、銃を引け」

野村少佐が命じた。

「こうするしかなかったのよ。管理人さんは狸がせめてくるっていうのを信じなかったから」

「狸。狸とはなんですか」と管理人ロボット。

「反乱軍だ」

白いロボット兵MSR38Kは平然とした口調で言った。調子のいいやつだ。

「少佐、居住区内の隔壁扉はいいですが」沢渡少尉が胸をなでながら言った。「基地内の要所にある耐爆ドアが閉鎖中です。非常封鎖を百都司令が宣言したようです」

「クーデターだ。やつは本気だぞ」と賀川。

「MSR38K、そこのインターカムで小隊全員に連絡をとれ」おれは命じた。「指令書の内容を伝達し、出撃準備。全機緊急発進態勢だ。武装は宇宙格闘戦タイプAを装着」

「はい、中尉どの」

MSR38Kは音声は使わず、管理室の通信回線にダイレクトイン。右手の人差指をプラグに差し込んでの通話だ。

「通じるか」と野村少佐。

「はい、少佐どの。向こうはまだクーデターに気づいていないようですが」

「ライフルを持たせろ。整備格納庫と雷獣機を守れ」

ここは愛機で脱出するしかない。

基地から兎ヶ原市に通じる地下道路は封鎖されているだろうし。

「おもしろくなってきたね」

迷惑一番がおれの肩で言った。どうもなにやら重いと思ったら、そいつがしがみついていたのをすっかり忘れていた。

「なにがおもしろいもんか」

おれはポムポムを無視。

「38K、守備隊の動きはわかるか」

「基地情報統合コンピュータとの通信が不能であります。破壊されたもようです」

「百都司令か——耐爆ドアをなんとか開け」

「わたしの階級では耐爆ドア管理コンピュータには割り込めません」

「わたしでもだめだろう。桜林ならできるな」

野村少佐はライフルを握りしめた。

こんなことなら桜林狸をつれてくるのだった。おれたちはパイロットだ。地上戦には慣れてない。

「ぼく戦闘機に乗ってみたいな」

「黙ってろって」

「——居住区A耐爆ドアが開きます」

「なに?」

「よおし、みんな行くぞ」

野村少佐は先頭に立って管理室をとび出した。賀川中尉がつづく。

「沢渡少尉、行きなさい」

「はい、中尉」

小夜子は管理人ロボットにこの場をはなれないように言った。

「B居住区の非常気密隔壁扉を開いてはだめよ。いいわね。でないと狸に襲われるから」

桜林をつれてきて、狸から人間にもどしてほしかったら耐爆ドアを開き部下に抵抗をやめろと命じろ、とでも脅迫しないとだめかなとおれは思っていたが、耐爆ドアは開いているようだった。

「３８Ｋ、事態を基地全域に伝えろ」

「わたしにできる範囲で、放送ずみです。守備隊本部には通じません」

「みんな狸になったかな」

「戦闘機に乗る」

うるさいぬいぐるみだ。

居住区出口付近で銃声。

「銃を忘れるな。３８Ｋ、行くぞ」

おれたちは野村少佐の後を追って管理室を出る。

居住区から整備区までは三つのルートがある。総司令部区へ行くルート、医療センターを通るルート、もう一つは兎ヶ原市へ通じる大トンネルの、駅のような洞窟空間へ出るルートの三つ。

３８Ｋは医療センターを抜けるルートが一番いいと言った。

「最短ですし、警備も薄いであります」

居住区出口で野村少佐たちが銃撃戦をやっている。

白煙がたちこめる。

「警備が薄い？　これでか！」

「ですからですね、ここを出た先の話で――」

ええい、そんなこと３８Ｋに言われんでもわかっている。

ホテルのロビーの雰囲気だ。天井は高く、帰ってきた軍人の心をなごませる空間になっている。中央にニセアカシアが五、六本植えられていて、ちょっとした林だな。葉が茂っている。白い花がつく。フジのような。花が散ると管理人ロボットはその掃除が大変だとぼやく。

野村少佐たちはそのニセアカシアを盾《たて》にして、居住区入口廊下へ向けて発砲していた。

ニセアカシアがくすぶっている。ロビーの壁に、パパパとレーザースポットの輝点。

「ねえ、撃ってくるの、Ｘなんとかって人たちなの？」

「あたりまえだろうが」

「ふぅん。ポムポム、だめよ、見てくるよ」

「だめ、ポムポム、だめよ、危ないわ」

おれと小夜子とMSR38Kは、中央のニセアカシアの林に行くこともできず、B居住舎に通じる通路からロビーへ出る前の壁にはりついている。

おれの肩から、ぬいぐるみのポムポム、いや迷惑一番はとびおりて、レーザービームが切り裂く空間をテッテッテと駆けてゆく。そして。

ロビー出口、居住区出口の廊下をのぞき込んだ。一発も命中しなかったのは奇跡だ。それよりも、ポムポム迷惑一番が廊下をのぞいたとたん、射撃がやんだ。そのほうが奇跡的だった。

おれはためらわずロビー空間へ走り出した。

煙にかすむニセアカシアの林をちらりと横目で見ると少佐たちも突撃に出た。

おれは迷惑一番に追いついた。

廊下へ向けてレーザーライフルを乱射。

それから構えて精密射撃。三名のブルーのロボット兵の頭部を狙い撃つ。

おれは彼らがなぜ射撃をやめたのか理解できなかった。

兵は三人ではなくその三倍はいた。

野村少佐たちがおれの背後から援護する。
三、四名が後退する。
おれはとっさにポムポムをぽんとけり上げ、駆けて空中で受けとめて肩にかける。ポムポムはしがみついた。片手で、腰に銃をためて、撃つ。走る。

逃げる兵は振り向いておれを狙おうとするのだが、銃が故障しているのか、カートリッジがなくなったのか、撃ってこない。ライフルを捨てて逃げる。

狸だ。狸が逃げていく。装甲戦闘服の尻がやぶれて尾が出ている。

駆ける。三つのルートの分岐路で、おれは医療センターへの通路方向へと曲がった。

ブルー。反射的にライフルの引金を引いている。

ブルーの兵士の装甲戦闘服におれが撃ったレーザービームの命中スポットの輝きがぱっと閃くが、致命打撃は与えられない。

ブルーの腕がライフルを構える。

頭だ、頭を狙え。おれはライフルを目の高さまで上げて構える。

ブルーの頭部、狸ではない。

「Xだ！」

叫んだとたん、狸になった。

四人いた。みな狸になった。

四連射。狸たちが床に転がる。頭をレーザーライフルで吹きとばされただけだ。頭をつけかえれば元どおりになるだろう。元どおり？　狸になるのか？

走る。

おれは医療センター区へと駆けながら、ブルーの兵がなぜ応射してこなかったのか、それがわかった。

やつら、手が狸になったので引金がうまく引けなくなったのだ。

なぜ狸になるのか。

それは迷惑一番が脳天気だからだ。

迷惑一番がブルーの兵士たちを狸にしているのだ。迷惑一番は内蔵記述エリアにこう書いているのだろう。

〈対X防衛隊は狸の集団だった。狸はぼくらめがけて発砲してきたが、あまり射撃は得意でないらしく――〉

マーキュリーが主人公ではないのだ。この世界を創っているのは迷惑一番のほうだ。おそらく、そうだ。マーキュリーはただ天から、天からかどうか知らないが、迷惑一番のやることを黙って見下ろしているだけだ。笑って見下ろしているのかもしれないが。

迷惑一番が通り抜けたあと、あのブルーの兵士たちや桜林は元どおりになるのだろうか？

それはなんともわからない。迷惑一番にとっては、それは自分の死後の出来事にも等しいだろう。自分に関係ないところでどうなっているかなど、知り得ないことは、存在しないに等しい。関係してくれれば別だ。迷惑一番と再び会う桜林は、それまで狸のままであろうと人間に返っていようと、その瞬間狸以外の何者でもなくなるのだ。きっと、そうだ。

「ねえ、戦闘機はまだ?」

「クーデターをやめさせろ」

医療センター区入口で再び守備隊に狙われる。

とっさに身を前へ投げ出す。迷惑一番はおれの肩にしっかりとしがみついている。床に腹がつく前に、おれは空中で身体を伸ばした競泳のスタート時の姿勢のまま、ライフルを連射した。

迷惑一番はなにもわかっていないのだ。くそ。こんなことなら対X防衛隊は張り子の虎だとでも言っておけばよかった。小夜子が狸だなんて言うからだ。

おれの撃った射線は狸の頭には命中しなかったが、後ろの野村少佐以下五名の援護射撃で狸兵たちは無力化される。

おれたちはかたまって医療センターを駆け抜ける。

背後からは態勢をたてなおしたらしい、自信あり気な追手の足音が響く。

桂谷軍医がいたら、どさくさにまぎれてみんなで踏み倒しているところだ。

センターを出て廊下へ。飛行士の大ブリーフィングルーム、講堂のような中を走り反対側の出口から、おれたちは整備区へ出た。

通路を駆ける。

出撃準備室へ。部下たちが待っていた。

愛機の発進準備はすんでいるとオレンジ色の兵士たちの報告をきくのももどかしく、おれたちはライフルを彼らに手渡し、気密服のロッカールームへ。

白いMSRタイプの部下の手を借りて、気密服を着込む。

ヘルメットをつける前に、通路のほうで銃声。

「早く、中尉どの」

MSR38Kがおれにヘルメットをかぶせて、ロック。ヘルメットキャノピに気密服の環境情報が出る。異常なし。

エアロックから出撃機待機場へ出る。

おれは迷惑一番をつれてくるのを忘れてはいなかった。

『わあ、カッコいいな』

おれの肩の上でポムポム迷惑一番が言った。

なんと。空気がないのに、ポムポムの声が聞こえる。

五機の宇宙戦闘機、晨電が並んでいる。

早かったのは沢渡少尉だ。彼はすでに彼の部下のMSR26Iの手でコクピットに押し込まれているところだった。

おれは三番機、おれの愛機の前で待機していた黄色の武装担当のFA386SEに、よしというようにうなずき、コクピットへ。

入り込むと狭い。

足元のコクピットドアが閉まる。

通信システム、オン。視覚ディスプレイ・メインパワー、オン。

推進システム・メインスイッチ、オン。航法装置、オン。アーマメント・メインコントローラ、オン。搭載武装の種類がディスプレイに表示される。

燃料タンク状態、チェック。燃料移送システム、チェック。気密服の状態、接続されていないという警告。

空気ホース、生体触感ディスプレイ・操縦システムコードを機に接続。気密服環境コントロールが機中枢コンピュータに切り換わる。

生き返った心地だ。ここがおれのいるべき場所だ。そんな気がする。幻もなにもない。ここで感じる緊張感は、わけのわからなさで悩むそれとはちがう。

いつもと同じ緊張感。この感じを脳天気タヌキがやぶった。

『早く行こうよ』

「言われなくても行くさ。野村少佐、こちら雷獣三番機、発進できます」

『了解。針路は一三七航路を嫦娥基地へとる』

「了解」

管制室から緊急発進してよしのロボット管制官の声。おなじみの声だ。

そこへ百都司令の声が割り込んできた。

『諸君、いまならまだ間にあう。いまからでも遅くないから――』

『だあれ？』

とポムポム。こいつが百都司令だとおれは言ってやる。

視覚ディスプレイに通話映像を出す。

狸が喋っていた。

『早く発進して下さい』管制官は叫んでいる。『外部交信は不能です。われわれは狸に占領されつつある』

通話映像オフ。操縦スティックを握りしめる。離陸モーター始動。震動が伝わってくる。

機外を映し出している広い視覚ディスプレイに、敬礼するＭＳＲ３８Ｋ以下十数名の部下が映っている。

モーター噴射で場内の埃がぱっと舞い上がった。その奥のエアロックに目をやったおれは、それが赤熱しているのを見た。そのドアはＭＳＲ３８Ｋがロックしたのだ。向こうからタヌキの集団が出てこようとしている。

「地上員は全員退避、退避だ」

部下たちはさっと散開した。

『小夜子、発進しろ。剛志、堅丈、小夜子を援護。気をつけろ。基地防衛システムが狙ってくるぞ』と野村少佐。

了解の声。

小夜子の機がタキシング、谷底の発進カタパルトの方へ向かう。しかし小夜子はカタパルトを使用しない。カタパルトにのんびりと機の分離脚をセットしているのは危険だった。

小夜子は待機場から出るとすぐに地上移動用のキャリー、通称ゲタを切り離し、フルパワーで上昇に移った。

賀川機もそれにならいつつ、上昇するとすぐに機体を倒して、対空レーザー砲座を先制攻撃。

おれは脚を切り離して、場内でわずかに上昇させる。下手にやると天井にぶつかる。高等技術だ。機をその場で旋回。

パルスレーザーキャノンのセイフティを解除。格闘スイッチ、オン。気密服の触針が全身に刺さる。目標選択。視覚ディスプレイに照準スコープが出る。

おれは触感操作で目標をエアロックドアに固定。ドアが黄色の十字マークに狙われている。

照準スコープの十字がそれに合わさった瞬間、おれは触針に攻撃よしのサインを送り込んだ。

腕の筋肉をぐっと緊張させただけだ。

晨電の四連レーザーキャノンが作動。

エアロックは瞬時に爆破された。破片がゆっくりと舞い散る。

『オーケー大介、行くぞ』

「了解」

おれは機を左右にゆすってMSR38Kたちに合図、待機場を出る。

マックスパワー。

先を行く隊長機はモーター噴出口を青白く輝かせ、あっというまに小さくなる。おれも続く。

左右のレーザー砲座がおれたちを狙う。

レーザーの林だな。固定されていればいいが風に揺れる枝のようだ。それをすり抜けなければならない。狭い谷間を安全航法を無視したスピードで飛ぶ。

戦術コンピュータはこちらを狙うレーザー砲座を素早くキャッチ、こちらのパルスレーザーキャノンを連射。

いきなり視野がひらけた。谷間から出たんだ。

発進の航法支援はない。眼前に迫る巨大な岩塔を避ける。

『ひやあ』

と迷惑一番。戦闘上昇する。

『大介、気を抜くな。攻撃機が追ってくるぞ』

「どこにいた」

『訓練中だったらしい。急降下してくる』

そのとおりだ。機数十三。

『回避する。全機わたしに続け』

全機無事発進している。

嫦娥基地は千キロメートルほど先だ。その針路に攻撃機チームがいる。

『上昇しろ、上昇だ。攻撃機はついて来れない。ふりきるんだ』

月が丸くなる。晨電の迎撃上昇能力は宇宙で最高だ。攻撃機の機影はもう視認できない。

高加速で息ができなかったが、脅威が去ると慣性飛行に移る。

燃料をえらく食った。

『針路変更。嫦娥基地とコンタクトできるか？　わたしの遠距離通信機はうまく作動しない』

おれの機も、そうだった。ここには、この世界には嫦娥基地はあるのだろうか？
『針路を確認しろ。——航法装置がおかしい』
おれの機も、だ。トラブルを調べる。
その瞬間だった。視覚ディスプレイが真っ白になった。
あのときと同じだ。眼を宇宙線が貫いた感覚。
『わあ。きれいだねえ』
迷惑一番が言った。おれが聞いたポムポムの、それが最後の言葉だった。

15

晨電の電子機器はすぐに回復した。
回復はしたが、ディスプレイは暗い。
どこだ？
触感ディスプレイには、足元下方に月の大地があることを伝えてきている。
視覚ディスプレイが明るくなった。太陽だ。
『夜明けのようだ——見ろ』
野村少佐が叫んだ。太陽が、ばかでかい。
「われわれのいるところは——少佐、下方より迎撃機らしい高速飛行体接近中」
戦術コンピュータが不明機接近中の警告を出している。
ディスプレイに目標を拡大投影する。
戦闘機だ。地球連邦のものではない。
「水星軍の迎撃機、ヨーヨータイプ、機数三」

水星軍のそれは太陽から自身を守るため、コクピット両側に晨電と同じようなレドーム兼放射線盾をつけている。

『水星軍の侵略ですか』

沢渡少尉。ちがうんだ青年、よく見ろ、足の下にある天体を見ろ。あいつは月に似ているが月ではない。

『ここは──水星だわ。いつのまに？』

『こちら水星宇宙軍六七八防空隊です。雷獣隊の緊急着陸を許可します。われわれが誘導します』

みんな、できれば顔を見合わせていたろう。

『あーこちら野村隊長機、六七八リーダー、どうぞ』

『こちら六七八リーダー。このたびはご迷惑をおかけしました』

ご迷惑？　迷惑一番のことかしらん。おれは迷惑一番に呼びかけた。

だがおれの右わきにいるタヌキのぬいぐるみ、ポムポムは返事をしなかった。

これはきっと水星軍の実験だったんだ。しかしこんなことが許されていいのか？

おれたちは編隊を組むと、ヨーヨータイプ戦闘機のあとに続いた。

夜の側へ入る。月によく似ている。

『マーカス基地です。燃料は大丈夫ですか』

大丈夫だ。マーカス基地も山の中にある。

着陸態勢。

『誘導波にのってください。緊急着陸の用意はできています。着陸要領を転送します』

こいつは、ゆるやかに下るトンネルの中を入ってゆくんだ。かなり深いな。トンネルの先に広い空間が開けている。

小夜子、賀川、青年、おれ、少佐の順でトンネルへ突入した。ブレーキ。立派な基地だ。広い空間に出る。うろうろと迷って旋回しても余裕があるほど広い。沢渡少尉でも大丈夫だろう。脚はないが。

『ナンバー52スポットへどうぞ』

52と白く大きく書かれた着地サークルの中へ入り、ホバリング。そのまま機をスポットという長い白い建物の方へスライドさせる。着地。

おれたちは機外へ出た。宇宙服を着た人間がおれたちを出迎えた。建物はこの広い洞窟の壁面へ埋め込まれた格好で、そこから先が基地内部なのだろう。

他のスポットやハンガーにヨーヨータイプの戦闘機が多数並んでいる。

宇宙服の人間に建物の中へ案内された。エアロックを抜ける。おれはポムポムを手に持っていたが、それは死体のようにぐったりしていた。

内部のロッカールームのような小部屋でおれたちは水星軍兵士の手助けで気密服を脱ぐ。

「ポムポム……どうしたの、ポムポム」

気密服を脱いだ小夜子はおれの手からポムポムをとった。

「死んでるみたいだ」

おれは自分でもおかしいと思うのだが、そう言った。これがあたりまえだというのに。いままでがおかしかったんだ。

小夜子も、いや小夜子こそ、ポムポムが口をきかなくなったのを悲しんだ。小夜子はしっかりとポムポムを抱きしめた。

「こちらへどうぞ」

ブルーの制服の将校が先頭に立ち、廊下を歩き出した。

おれたちはマーカス基地司令官に会わされた。

司令官室ではなく来客応接室のような広い部屋だった。百都司令のあつかいとはえらいちがいだ。

でも、まあな、おれたちをあんな目に遭わせたのだから、これでも軽いくらいだ。

司令官はジェイコブ将軍と名のると、立ちつくしているおれたちの手を一人ひとり握り、それから、どうぞおくつろぎを、と言ってソファをすすめた。

おれたちは疲れきっていたのでそのすすめはありがたかった。

沢渡少尉がさっさと腰をおろそうとするのを小夜子がその腕をとり、野村少佐が腰をおろしてから自分も腰をおろした。沢渡青年は頭をかいて小夜子のとなりに腰掛けようとするのを、こんどはおれにとめられた。小夜子のとなりは賀川だ。

「迷惑一番、マーキュリーとは、水星軍のいったいなんなのですか」

野村少佐は開口一番、そう尋ねる。

ジェイコブ将軍は銀髪の紳士という風貌《ふうぼう》ににこやかな笑みを浮かべたまま、言った。

「まったくこのたびはみなさんにご迷惑をおかけしました。むろん、故意ではありません。マーキュリーを暴走させたのは、もちろんわれわれの責任ですが、これは正式に政府間で了解ずみです。個人的に、わたしはみなさんに感謝とおわびを申し上げたい。みなさんの働きがなければ戦いになっていたかもしれません」

「マーキュリーとは……」とおれ。

「新型の反物質移送カプセル・マーキュリーは断じて爆弾などではありません」

「爆弾ですって」と小夜子。

「そうでないことは、みなさんにお渡ししたデータでおわかりいただけたことと思います。しかし地球連邦は優秀な宇宙機動艦隊をもっておられる。空母の航宙部隊はエリートですからな。雷獣隊のみなさんの名はわたしも存じ上げております」

……。話がどうもくいちがっている。

野村少佐が身をこわばらせているのが、離れていてもおれにはわかった。

考えられることはひとつだ。

おれたちはまた別の世界にぶっとばされたんだ。

野村少佐はジェイコブ将軍に悟られないように、実にうまく、世間話のような調子で、おれたちはいったいどうなったのかを聞き出した。

それによると、なんと。おれたちは兎ヶ原基地所属ではなく地球連邦機動部隊の一員らしい。

マーキュリーは反物質移送カプセルということになっている。そいつが実験中に地球に向けて発進していった。高速で。宇宙空母では追いつけず、それで地球の空母が発進したのだそうだ。おれたちを乗せた空母が。

撃破せず、なんとか無傷で手に入れようと地球側は行動した。おれたちがその任務についた。

「マーキュリー分解中に再び暴走しはじめたのは原因不明ですが、うまくやっていただけました。なにより無事でよかった」

水星軍はわざとまた暴走させたのではないかな？　おれは、おれの知らない出来事だったが、そんなふうに感じた。

分解途中でおれたちはマーキュリーとやらに引きずられてしまったらしい。かなりの高速で。太陽に向かって。減速するのにあらかた燃料を食ってしまって、空母に帰るよりは水星に不時着するほうが安全になった。

ジェイコブ将軍の話を総合すると、そうなる。

「晨電はいい戦闘機ですね。作業用マニピュレータは便利だ」

ロボットがコーヒーを運んできた。

「艦隊から連絡がとどいています。三日後に到着するそうですから、どうかごゆっくりおすごし下さい」

「愛機の機密保全は――」

「手を触れません。ご心配なく」

これも脳天気な話だ。

野村少佐はコーヒーカップを口に運んだ。手がかすかにふるえている。

「それでマーキュリーですが」

「危険はなくなりました。太陽へ落下させましたので。あの反物質移送カプセルが完成すれば、水星は地球へもっと安くエネルギーを供給できるようになります」

「そして軍隊は民営化されるかもしれないな」

黙っていた賀川剛志がぼそりとつぶやいた。

座が静かになった。

小夜子はポムポムをなでていた。ポムポムは死体になった。どこへ行ったんだ？　おれたちを見捨てて。

「われわれは基地から出られないのでしょうか」

野村少佐はカップをおいてジェイコブ将軍に尋ねた。

「いちおう基地内に部屋を用意しましたが。機の保全を気にされると思いましたので。しかし御希望なら、ホテルでもどこでも、用意します」

「和泉教授を御存知ではありませんか」

「有名な教授ですね。知っていますが、彼がなにか？」

「彼とはちょっとした知り合いでして。できればこの機会に旧交を温めたいと思いまして」

「ああ、そうですか。和泉教授は水星宇宙軍大学の哲理学博士ですね。ランクマーにあります。地下高速で行けば一時間もかかりません。では明日、案内させましょう」

「……御無理を言って申し訳ありませんが、すぐにというわけにはいかないでしょうか」

「すぐに？」

「だめですの？」と小夜子。

「いいえ、どうぞ見学なさって下さい。地球連邦の伝統をひきついでいる立派な大学です。地球を手本に創立された大学ですよ」

「ぜひ見たいものだ」と賀川。

「わたしもです」と沢渡青年。

「ご熱心ですね。わかりました。さっそく手配いたしましょう」

おれたちは別室で軽い食事のもてなしを受けた。

食べている間中、おれたちはほとんど口をきかなかった。小夜子はしっかりとポムポムを膝の上においていた。

食事して、休息。それから基地を出る。

マーカス基地から高速ライナーが出ている。チューブ鉄道だった。

案内役の士官がついた。人間だった。愛想のいい男で、水星の観光案内を喋りまくった。ランクマーにつくまで。

ランクマーの駅でおりて、案内役は、あれが太陽教団の建物で、と言った。

ランクマーは大洞窟都市だった。天井が巨大なドームになっていて、青空が投影されている。地球に帰ってきたみたいだ。

「水虫が治るとか、ばかなことを言っている教団でしてね。フィルターで守られた地表ドームで日光浴をしよう、神が近くにいるのを感じるだろう、というのです。教祖は皮膚癌にかかりましたが、治療拒否してミイラになりました。たしかに水虫は治ったようですが。いまでは地球の信者のほうが多いようです。宗教というよりは、まあ一種の遊び心を満たす場になっているのでしょう」

「大学はどこだ」

野村少佐は案内役の言葉をさえぎった。

案内役士官は顔をひきつらせて笑みを保ち、そうでした、と言った。

「こちらです。どうぞ」

駅前に軍用の電動カーが停められていて、ロボット兵の運転手が降りて敬礼した。

大学は白いビルだった。土地は貴重だろうが、庭は広い。学生たちはきっと毎日そこで汗を流しているのだろうな。

「教授には連絡してあります」

校舎に入り、廊下を歩く。

「なんて言ってた」

「雷獣隊のみなさんにぜひ会いたい、と。なにしろ主人公だから、とおっしゃっていました」

教授室はそこですと言い、案内役は立ち止まった。

「わたくしは玄関でお待ちいたします」

「ありがとう」

敬礼。おれたちも。

野村少佐がドアをノックする。

「入りたまえ」

しわがれた高い声で応答があった。

おれたちは教授室に入った。

和泉禅禄教授がデスクについていた。老人だった。丸い黒縁の眼鏡をかけている。小柄な老人。

「太陽教団の教会へはもう行ったかね」

前歯にすきまがある。

「いいえ」とおれ。「あんたが和泉さんか。脳天気な人だな」

「マーキュリーは反物質移送カプセルなどではないだろう」

野村少佐はドアを閉めて言った。

「ここではマーキュリーと言えば、反物質移送カプセルのことさ」

ヒイヒイと和泉教授は笑った。

賀川剛志が一歩前に出て、なおも出ようとするのをおれが止めた。

「ここでは？」とおれ。「つまり教授は、別の世界があるというのですね」

「わたしの研究は〈いろはにほへと計画〉というんだ」

野村少佐はポケットから書類を出した。迷惑一番の記述内容記録だ。

「ここにもたしかそう書かれていた」

「迷惑一番だろう」

「そうです。あれはいったいなんです」

「諸君が経験したとおりのことをやる探査機だ」

ここでまた和泉教授はヒイヒイと笑った。

それから、デスク上の紙片を野村少佐に渡した。

「〈いろはにほへと〉が送ってきたものだ。諸君がマーキュリーと呼んでいる、〝私〟が、このわたしではない〝私〟が、ええいややこしいな、探査機本体が、送ってきたものだ」

野村少佐はざっと目を通して、それをおれに渡した。

迷惑一番が言ったのと同じだ。

《時は宇宙、処は未来》

で始まっている。

「わしは〝私〟を次元探査に出したんだ。われわれとは異なる物理法則が支配する世界へ行かせるつもりだった。莫大なエネルギーが必要だった。マーキュリーはエネルギー供給用だったのさ。あいつはいまは抜け殻だ。諸君が分解しそこなったとされているマーキュリーはな」

「よくわからんな」とおれ。「あんたは、おれたちがちがうところから来たことを知っているんですか」

「わしに会いに行くと少佐は言った、という迷惑一番の記述を読んだからな。本当に来るとは正直なところ驚いた。平行宇宙があるのだ。似たような世界が平行して存在している。信じられんね。〈いろはにほへと〉はそれを調べるのではなく、あくまでも異なる物理法則の世界を見つけるために飛ばしたんだ。ところが、だ。平行宇宙はたしかにあるらしい。その宇宙でのわしは、初めから平行宇宙探査機として〈いろはにほへと〉を発進させたのだろうな。きみの持っている迷惑一番の記述は、わしのものとはまったく同じではないかもしれん」

……脳天気な教授だ。なにやら頭にトウフがつまっている気になってくる。

「きみらは何度も死んでいるな。死を避けるように、平行宇宙を移動したのだろう。そうとしか思えん」

「ポムポムは……どこですの？　わたしのポムポム——喋っていた、あの、ポムポムは」

「まだ活躍中さ」

和泉教授はデスクのワープロを指した。

自動印字されている。

「こいつは端末でね。本体はマーカス基地の次元通信システムとつながっている。軍の連中は次元通信システムとは思っていない。意識転送実験システムとして使っている。少佐は知っているだろう。救命用のシステムだよ」

「……地球でもやっている。この宇宙の地球ではどうかは知らんが」

「ポムポムはまだ書いていますの？」

「いるさ。元気なものだ」

一枚を和泉教授はワープロから抜くと、小夜子に渡した。小夜子が読みおえるのを待ちきれずに、おれもそれをのぞき込んだ。

《兎ヶ原基地の狸たちの反乱は雷獣チームの活躍で鎮圧された。大介さんはとてもカッコよかった。反乱軍の戦闘機を一人で三機も撃墜したんだからな。小夜子さんはぼくの頭をなでてくれた。ぼくは寂しくないよ、小夜子さんがいるもの。〝私〟はなにも言ってくれないけれど。

雷獣チームが帰投すると、基地全員が万歳をした。百都司令に代わって基地の代理総司令になった嫦娥基地の鈴木少将が、雷獣隊の全員に勲章を授与した。たぶん軍最後の勲章だよ。じきに民営化されるんだから。

小夜子さんは勲章を首から下げてもらうと、となりの大介さんにキスした。前からいい関係だなあと思っていたけど——》

なんだ？　おれと小夜子が？

おれは小夜子と顔を見合わせる。賀川には読ませたくない気分。

「これは……わたしのポムポムとはちがうようだわ」

「そうかね。だから言ったろう。きみらとわしの記憶は少し異なるかもしれないと。似たような世界からの報告なんだ。似ているが、少しずつちがう。きみらの記憶どおりの記述は、ちがうわしが読んでいるかもしれん。現在の状況はこの世界に入ってきている迷惑一番がどこかで記述しているだろうな。そのうちきみらの前に姿をあらわすかもしれん」

賀川は小夜子の手から紙片をとって読み、それからおれの顔を見た。おれは肩をすくめる。

賀川は紙片を野村少佐に渡すと、小夜子の手をとった。もちろん小夜子はそれを拒まなかった。

「わしの実験は失敗だろうな」

「あたりまえだ」と賀川。

そんな賀川を無視して和泉教授はワープロを軽くたたいて、言った。

「これが吐き出す記述を読ませても、だれも異次元の記録だとは思わんだろう。このワープロはただの自動創作機械でしかない。自動的にＳＦを吐き出す機械をわしは造った。そう言ってもよかろう」

脳天気！　叫びたいが、あまりのばかばかしさといおうか、あまりの和泉教授の無責任さに、腹の立つ気力も失せる。

「もしかしたら作家というのは脳みその中に迷惑一番の言語ドライブデバイスの記述を感

知する能力をもった人間のことなのかもしれんな」

教授はひとりごちた。

「われわれはどうなるんです」

野村少佐は和泉教授に紙片を返した。

「記憶が食いちがってしまっている。あなたのせいだ」

「平行宇宙のどこかのわしのせいか、あるいは、そうではないかもしれん。まったく別の原因かもしれないのだ。たまたまきみらの記憶とわしの記憶が似ているので、互いにこれはわしの実験のせいだと思っているが、真実はもっと別なところにあるのかもしれない」

「責任のがれには便利だな」とおれ。「平行宇宙というのは」

「きみらは、死んではいない。生きているかぎり死んではいない。この世の主人公は、いつでもどこにいても、自分自身だ。世界が消えてしまうことはないさ。自分がいるかぎり、この世はあるんだ」

「ポムポムが書いているのは、彼が主人公の世界なのね?」

「そうだ。わしの計画とは少しちがうが、あの迷惑一番は、自分が主人公だと気づかぬように無の世界に送り込まれ、〝私〟の用意したおおまかなシチュエーションのなかで生きる。それで世界がどのように迷惑一番の言語駆動装置によって創られていくかを〝私〟が観察して、わしに報告する。そんなところだろう」

まったく、いいかげんな教授だ。

これ以上ここにいても、もとにもどる方法がつかめるとは思えない。

「わたしたちはあなたの実験の、生き証人ですね」

沢渡少尉は老教授に言った。だが教授は首を横に振った。

「わたしがやろうとしていたのは異なる物理法則を持つ宇宙の発見だった。たしかにこの記述はそれを報告してきている。しかし証拠にはならん。きみたちも。嘘だ、フィクションだといわれるのがおちだ」

行こうと野村少佐はおれたちをうながした。

「われわれはもとにはもどれないようだ」

「……帰れば、死体ですからね。おれたちはあのとき、たしかに爆散したらしいからな」

おれはつぶやいた。

「きみらはいま死んではいないぞ」

そう言う和泉教授をあとにして、おれたちは教授室を出た。

「さてと」野村少佐は言った。「どうするかな」

「民営化世界よりはましのようです」

沢渡少尉があきらめ顔で言った。

「ねえ、せっかくだから、水虫で死んだミイラを見てきましょうよ」

「そうだな。暇《ひま》なんだし」

恋人の二人はいい。

「ふむ。ゾンビあつかいよりはいいか」

野村少佐は歩き出した。

おれにとっては、これからが問題だった。

沙知子、と心でつぶやいてみる。きみはここにはいるのか？　この世界に？

地球へ映話してみよう。おれはここではゲストだ。料金は水星軍がもってくれるだろう。

なあ？　ポムポム？　おれもタヌキのぬいぐるみでも買おうかな。そのうちに、喋り出すかもしれない。

沙知子さえいれば、そんなぬいぐるみなんかいらない。迷惑一番なんか。

だがいまのおれは、小夜子が抱いているポムポム、なにも喋らず少しも動かずまるで死体のようなそれを見るのが、ほんの少し寂しかった。

神林長平のもっとも熱き、愛すべき一冊

SFレビュアー
市村　肇

本書は、一九八六年九月に光文社文庫より刊行された書き下ろし長篇の再文庫化である。元版は、ここ十年ほど版元品切れ・絶版状態が続いていたから、神林作品を読み始めた時にはすでに入手困難で悔しい思いをしてきた方も多いだろう。まさにファン待望の再刊といえよう。

とはいえ、本書の刊行と同じ月には、著者の《戦闘妖精・雪風》シリーズのアニメ化作品が発売されるから、そちらで初めて神林長平という名前を知って、本書を手に取ったという方も少なからずいるかもしれない。

そこで、まずは、著者の簡単なプロフィールから、ご紹介しよう。

神林長平は、一九五三年生まれ。一九七九年、第五回「ハヤカワ・SFコンテスト」選

外佳作受賞作「狐と踊れ」にて、デビュー。一九八一年には初の単行本、デビュー作他全六篇収録の短篇集『狐と踊れ』を上梓。以来、二〇〇二年七月現在、三十三冊の著作がある（再刊は除く。アンソロジーなどに短篇が収録されたケースも多いが、オリジナルの著作には数えないこととする。また、文庫化の際、上下巻になった場合も一冊とカウントした）。

さて、神林長平のキャリアを語る上で、避けて通れない話題に、星雲賞がある。

星雲賞……日本のSFファン最大のイベント、年に一回開催される日本SF大会の席上で発表される、その前年に刊行された作品からファン投票によって選ばれる賞。今年、二〇〇二年で三十三回を数える、SF関係では最も伝統ある賞である。

〈SFマガジン〉一九八二年九月号掲載の短篇「言葉使い師」で、第十四回日本短編部門を受賞したのを皮切りに、この星雲賞を日本長編、同短編部門合わせて、これまでに都合七回も受賞している。

また、SF作品を対象とした大きな賞としては、もうひとつ、日本SF作家クラブ主催の日本SF大賞がある。そちらも連作長篇『言壺』によって受賞（第十六回）。

その他の代表作は、星雲賞受賞作でもある《敵は海賊》シリーズ、《雪風》シリーズ、『プリズム』など。

このように、決して多作ではないが、コンスタントに話題作を書き続けている、現在、日本SFを代表する作家の一人である。

さて、本書は、通算九冊目の単行本。短篇連作形式ではない、純然たる長篇としては五冊目にあたる。

ちなみに、光文社文庫からは、一九八五年から九三年にかけて六冊、そのうち最初の四冊は年一冊ペースで刊行されており、本書は、その第二弾ということになる。

本書の一カ月近く前には、後に星雲賞を受賞することになる『プリズム』が刊行されていたし、光文社文庫のラインナップにはSFが少なかった（そのせいか、神林自身の作品も、どちらかといえばSF色の薄い異色作が多い）こともあってか、当時の新聞や雑誌の書評欄を見る限りにおいては、それほど評判にはならなかったように記憶する。ところがどうして、これが神林ファンには堪えられない隠れた傑作、裏定番ともいうべき作品だったのである。

そのあらすじをいえば、こうだ。

宇宙局地迎撃機〈晨電〉を駆る、地球連邦軍の月面基地に所属する〈雷獣〉迎撃小隊の五機は、正体不明の物体（しかも、巨大な「?」や「!」や「恥ずかしいもの」に見えたりする）に遭遇。実は、敵対する水星軍の平行宇宙移動探索機だったその物体に巻き込まれて、平行宇宙へ飛ばされてしまう。

そこは、元いた世界と似てはいるが、異なる世界で、軍隊が民営化されていたりする。しかも、基地で検査を受けた〈雷獣〉小隊の面々は、軍医から「死んでいる」と告げられる……。


とにかく、「そんな、アホな！」というような不条理な展開が、これでもかといわんばかりに矢継ぎ早に繰り出されるのが特徴で、ギャグタッチの作品も少なくない神林作品のなかでも、特にギャグ色の強い作品になっている。

と、同時に、光文社文庫から出た神林作品のなかでも、もっともSF色が強く、その分、古くからのファンには、むしろとっつきやすい内容だったろう。

だが、それだけではない。

テンポのよい軽妙な会話、ハードなメカ描写、「言葉」や「書くこと」がテーマのひとつだったり、現実が崩壊していく物語、といった神林作品の魅力としてよく指摘されるエッセンスが、全て詰まっている作品なのだ、しかも、ぎゅっと濃縮されて。

メカ描写のうまさでいえば、本作の〈晨電〉の扱いなどは、ちょっとおもしろい。デザインも機能も、いかにも「かっこいい」といったふうには描かれてはいないし、噴射モーターを使わず、降着脚のストラットを油圧で伸ばしてぴょんぴょんとジャンプ移動する、などといったおどけたアクションシーンを披露したりもするのだが、そういったギャグを含めて、細かい設定や描写があるので、存在感たっぷり。結局、なんとなくかっこよく感じてしまうから不思議だ。言い古された言葉だが、細部に神は宿る、という好見本かもしれない。

活躍するのは、もちろん、メカだけではない。登場人物だって、頑張っている。

主人公たちのおかれた状況は、よくよく考えてみれば、とてつもなく悲惨なのだが、それを吹き飛ばす、脳天気なまでの前向きなキャラクター。なにしろ、死んでも元気に生きている（?）のだから、ある意味、最強である。

ちなみに、同じ時期に書かれた『プリズム』に登場する刑事も、異世界に飛ばされた似たような境遇で、あちらはシリアスで暗めなのだが、作品のトーンとは逆に、むしろ、救いがあるのは、『プリズム』の刑事のほうであるような気がするのも興味深いのだが、まあ、それは余談である。

もう一方の語り手、平行宇宙移動探索機の言語を司る下部機械「迷惑一番」は、どこか無垢な憎めないキャラクターで、それにふさわしい狸のぬいぐるみの姿を借りたりする。こういった、妙に可愛い（しかも、あまり役に立ちそうにない）キャラクターをいきいきと描くのも、実は、神林の得意とするところだ。

そして、自分のおかれたわけのわからない状況を深く考察し、ディスカッションし、とにかく喋りまくるキャラクターたち。本来、ものすごく思弁的かつ哲学的なはずの内容まで、ギャグと同じ調子でまくしたてる。その奇妙な論理展開と、有無を言わさぬ怒濤のマシンガン・トークこそ、神林の真骨頂であろう。

ところで、この「なにがなんだかわからないもの」の描写というのは、なかなか難しいものだ。

なにがなんだかわからないままにしておくと、ファンタジイならばともかく、SFとしては、少し食い足りないだろうし、かといって、わかるように説明しきっては、「なにがなんだかわからないもの」ではなくなってしまうだろう。

そういう場合の処理が、神林は、非常に巧みな作家だと思う。

たとえば、「なぜ、なにがなんだかわからないのか？」を執拗に考察することで、クリアーしてしまうのだ！

そういった離れ業を可能にするのが、その文体である。

いわゆる美文、名文ではない、やや癖の強いその文章は、しかし、一読、忘れがたい印象を残し、一度はまると病みつきになる、麻薬のようなところがある。

たとえていえば、一流のミュージシャンが難解な曲を弾きこなしたりする演奏技巧以前に、同じ楽器を使っても並の演奏家とは音色からしてまったく違う艶のある音を出して、聴く者を愕然とさせるように、神林もまた、文章技巧、アイデア、テーマ以前に、その文章自体の持つ、独特の艶で読者を惹きつけることのできる作家だと思うのだ。この点は、もっと評価されてもいいのではなかろうか？　しかも、その技巧は、年々円熟味を増しているように感じられる。近年は、いかにも大技を仕掛けました……というのではなく、気がついた時には投げられていた、といった、達人の境地に近づきつつあるかもしれない。そういった目で見ると、十五年以上も前に書かれた本作は、やはり、いささか強引な気がするのは、しかたのないことだ。

とはいえ、それは必ずしも欠点ではない。

またもたとえ話になるが、最近の作品が、狙った最適のラインを寸分も外さずにサーキットを駆け抜けるドライビング・テクニックだとすれば、本作は、多少コースを外そうともお構いなしにアクセル踏みっぱなしで、果敢なタイムアタックを試みた成果といったところになろうか。

時として完成された走り以上に感動を呼ぶがむしゃらさ。荒削りゆえに、かえってよく判るその持ち味。それと同じことが、本作にもいえると思うのだ。

そう、神林長平のもっとも熱き、愛すべき一冊。

それが、この『宇宙探査機　迷惑一番』なのである。

本書は一九八六年九月に光文社より刊行されました。

神林長平作品

あなたの魂に安らぎあれ

火星を支配するアンドロイド社会で囁かれる終末予言とは!? 記念すべきデビュー長篇。

帝王の殻

携帯型人工脳の集中管理により火星の帝王が誕生する――『あなたの魂～』に続く第二作

膚《はだえ》の下 上下

無垢なる創造主の魂の遍歴。『あなたの魂に安らぎあれ』『帝王の殻』に続く三部作完結

戦闘妖精・雪風〈改〉

未知の異星体に対峙する電子偵察機〈雪風〉と、深井零の孤独な戦い――シリーズ第一作

グッドラック 戦闘妖精・雪風

生還を果たした深井零と新型機〈雪風〉は、さらに苛酷な戦闘領域へ――シリーズ第二作

ハヤカワ文庫

神林長平作品

狐と踊れ

未来社会の奇妙な人間模様を描いたSFコンテスト入選作ほか六篇を収録する第一作品集

言葉使い師

言語活動が禁止された無言世界を描く表題作ほか、神林SFの原点ともいえる六篇を収録

七胴落とし

大人になることはテレパシーの喪失を意味した――子供たちの焦燥と不安を描く青春SF

プリズム

社会のすべてを管理する浮遊都市制御体に認識されない少年が一人だけいた。連作短篇集

完璧な涙

感情のない少年と非情なる殺戮機械との時空を超えた戦い。その果てに待ち受けるのは?

ハヤカワ文庫

神林長平作品

太陽の汗

熱帯ペルーのジャングルの中で、現実と非現実のはざまに落ちこむ男が見たものは……。

今宵、銀河を杯にして

飲み助コンビが展開する抱腹絶倒の戦闘回避作戦を描く、ユニークきわまりない戦争ＳＦ

機械たちの時間

本当のおれは未来の火星で無機生命体と戦う兵士のはずだったが……異色ハードボイルド

我語りて世界あり

すべてが無個性化された世界で、正体不明の「わたし」は三人の少年少女に接触する――

過負荷都市《カフカ》

過負荷状態に陥った都市中枢体が少年に与えた指令は、現実を〝創壊〟することだった!?

ハヤカワ文庫

神林長平作品

猶予の月 上下

姉弟は、事象制御装置で自分たちの恋を正当化できる世界のシミュレーションを開始した

Uの世界

「真身を取りもどせ」――そう祖父から告げられた優子は、夢と現実の連鎖のなかへ……

死して咲く花、実のある夢

本隊とはぐれた三人の情報軍兵士が猫を求めて彷徨うのは、生者の世界か死者の世界か？

魂の駆動体

老人が余生を賭けたクルマの設計図が遠未来の人類遺跡から発掘された――著者の新境地

鏡像の敵

SF的アイデアと深い思索が完璧に融合しあった、シャープで高水準な初期傑作短篇集。

神林長平作品

宇宙探査機　迷惑一番

地球連邦宇宙軍・雷獣小隊が遭遇した謎の物体は、次元を超えた大騒動の始まりだった。

蒼いくちづけ

卑劣な計略で命を絶たれたテレパスの少女。その残存思念が、月面都市にもたらした災厄

ルナティカン

アンドロイドに育てられた少年の出生には、月面都市の構造に関わる秘密があった――。

親切がいっぱい

ボランティア斡旋業の良子、突然降ってきた宇宙人〝マロくん〟たちの不思議な〝日常〟

天国にそっくりな星

惑星ヴァルボスに移住した私立探偵のおれは宗教団体がらみの事件で世界の真実を知る!?

神林長平作品

敵は海賊・海賊版

海賊課刑事ラテルとアプロが伝説の宇宙海賊匋冥に挑む！　傑作スペースオペラ第一作。

敵は海賊・猫たちの饗宴

海賊課をクビになったラテルらは、再就職先で仮想現実を現実化する装置に巻き込まれる

敵は海賊・海賊たちの憂鬱

ある政治家の護衛を担当したラテルらであったが、その背後には人知を超えた存在が……

敵は海賊・不敵な休暇

チーフ代理にされたラテルらをしりめに、人間の意識をあやつる特殊捜査官が匋冥に迫る

敵は海賊・海賊課の一日

アプロの六六六回目の誕生日に、不可思議な出来事が次々と……彼は時間を操作できる!?

ハヤカワ文庫

日本ＳＦ大賞受賞作

上弦の月を喰べる獅子 上下
夢枕　獏
ベストセラー作家が仏教の宇宙観をもとに進化と宇宙の謎を解き明かした空前絶後の物語。

戦争を演じた神々たち［全］
大原まり子
日本ＳＦ大賞受賞作とその続篇を再編成して贈る、今世紀、最も美しい創造と破壊の神話

傀《く》儡《ぐつ》后《こう》
牧野　修
ドラッグや奇病がもたらす意識と世界の変容を醜悪かつ美麗に描いたゴシックＳＦ大作。

マルドゥック・スクランブル（全3巻）
冲方　丁
自らの存在証明を賭けて、少女バロットとネズミ型万能兵器ウフコックの闘いが始まる！

象《かたど》られた力
飛　浩隆
Ｔ・チャンの論理とＧ・イーガンの衝撃——表題作ほか完全改稿の初期作を収めた傑作集

ハヤカワ文庫

星雲賞受賞作

ハイブリッド・チャイルド　**大原まり子**
軍を脱走し変形をくりかえしながら逃亡する宇宙戦闘用生体機械を描く幻想的ハードSF

永遠の森　博物館惑星　**菅　浩江**
地球衛星軌道上に浮ぶ博物館。学芸員たちが鑑定するのは、美術品に残された人々の想い

太陽の簒奪者《さんだつしや》　**野尻抱介**
太陽をとりまくリングは人類滅亡の予兆か？星雲賞を受賞した新世紀ハードSFの金字塔

銀河帝国の弘法も筆の誤り　**田中啓文**
人類数千年の営為が水泡に帰すおぞましくも愉快な遠未来の日常と神話。異色作五篇収録

老ヴォールの惑星　**小川一水**
SFマガジン読者賞受賞の表題作、星雲賞受賞の「漂った男」など、全四篇収録の作品集

著者略歴　1953年生，長岡工業高等専門学校卒，作家　著書『戦闘妖精・雪風〈改〉』『魂の駆動体』『敵は海賊・A級の敵』（以上早川書房刊）他多数

HM=Hayakawa Mystery
SF=Science Fiction
JA=Japanese Author
NV=Novel
NF=Nonfiction
FT=Fantasy

宇宙探査機《うちゅうたんさき》　迷惑一番《めいわくいちばん》

〈JA699〉

二〇〇二年八月 十五 日　発行
二〇〇九年八月二十五日　四刷

（定価はカバーに表示してあります）

著者　神《かん》林《ばやし》長《ちょう》平《へい》
発行者　早川浩
印刷者　大柴正明
発行所　株式会社　早川書房
郵便番号　一〇一 - 〇〇四六
東京都千代田区神田多町二ノ二
電話　〇三 - 三二五二 - 三一一一（大代表）
振替　〇〇一六〇 - 三 - 四七七九九
http://www.hayakawa-online.co.jp

乱丁・落丁本は小社制作部宛お送り下さい。
送料小社負担にてお取りかえいたします。

印刷・株式会社亨有堂印刷所　製本・株式会社川島製本所

ISBN978-4-15-030699-1 C0193

＊本書は活字が大きく読みやすい〈トールサイズ〉です